アルファスクールの花嫁
〜カシスショコラと雪割草〜

Elena Katoh
華藤えれな

CHARADE BUNKO

Illustration

みずかねりょう

CONTENTS

1　アルファたちの学院

こんなことをしていてはいけない。そう思うのに止まらない。

レーリクは、腕のなかにいる恋人――ルスランの寝顔を見下ろした。

仔猫《こねこ》のようにうずくまり、安心しきった表情で眠っている。

学院にいるときはクールで凜々《りり》しい姿を崩さないのに、眠っているときは無防備であどけない。

この顔を知っているのは、世界中で自分だけだという喜びが胸に広がっていく。

それと同時に、彼の寝顔を見ていると、月並みかもしれないが、新雪が降りつもったばかりの純白の景色を思いだして、心が透明になっていく。

ただただ、清らかな白さに浄化されたような気持ちになるとでも言えばいいのか、彼といると自分の内側が綺麗《きれい》になっていく気がするのだ。

ルスランがいれば、他になにもいらない。一途《いちず》に、純粋に、ルスランへの想《おも》いだけに生きていきたい。

けれどこの関係は、誰かに知られてしまったら身の終わりだ。自分はいい。どうなっても。たいしたことではない。

父は激怒するだろう。けれどそんなのいつものことだ。

だが、ルスランを転落させるわけにはいかない。

彼がこれまでの人生で積みあげたものを台なしにはできない。

彼が必死で守ろうとしているものまで犠牲にしてしまいかねない。彼はそのためだけに生きているのに。

もしもすべてを失ったら……絶望の果てに死んでしまう可能性だってある。

――それとも……おれは求めているのだろうか、そんな破滅的な愛を。命をかけるほどの激しい想いを。

どこからともなく教会の鐘が聞こえてくる。もう朝がやってきた。

「……っ」

日曜の朝――チェックアウトの一時間前になると、ルスランがそっとベッドから降りていく。

いつも同じだ。きまじめな彼らしい。

すっと腕のなかから彼のぬくもりが消えるとき、レーリクは乾いた風が胸の奥を通り抜けていくような虚《むな》しさを感じる。

この許されない恋……。

誰にも公表できず、誰からも祝福されない。

それどころか他人にバレてしまうと、二人は一気にエリートコースから転落してしまうだろう。

それでも会わずにいられないのだから厄介《やっかい》なものだ。

(尤《もっと》も……執着しているのは、おれだけだが)

窓の外からは朝早くから音楽が聞こえてくる。

ホテルの裏にバレエ団のレッスン場があるせいだろう。

一日中、たえまなく音楽が響いている。何のレッスンなのかわからないが、今日はラフマニノフの、ドラマチックな交響曲第一番が延々と聞こえていた。

「……」

数分後、シャワーを終えたルスランがタオルドライした黒髪を手ぐしで整え、上着をはおって部屋から出て行こうとする。

その姿を寝たふりをしながらそっと追う。

制服の入ったデイバッグを背負って、一言もこちらに声をかけずに部屋をあとにする。

それでも扉に手をかけるとき、ほんの少しふりむく。

わずか数秒ほどだが、様子を窺っているのだ。

寝たふりをしているので、このときの彼の表情まではっきりと確かめられないのだが、そのほっそりとしたシルエットは触れただけでふっと溶けてしまいそうな雪の結晶のようだ。

さらりとしたくせのない黒髪はいつも艶々としている。

綺麗な黒目がちの瞳は、時折、さみしそうな陰りを漂わせる。まばたきの音が聞こえそうなほど長い睫毛《まつげ》、上品で、インペリアルポーセリンの陶器のような肌、どこかはかなそうな横顔……。

ああ、彼のなにかもが大好きだ。

だが好きなのは、姿だけじゃない。なによりレーリクの胸が焦げそうになるのは、こうしてこちらを起こすまいとできるだけ物音を立てず、静かにここを出て行こうとする気づかいに触れたときだ。

その優しさ、繊細な心づかいを感じるたび、胸の奥がギュッと絞られたようになり、もう一度、このベッドに引きもどして彼を抱いてしまいたくなる。

(ダメだ、また欲しくなってきた。どんな相手にもこんな気持ちにならないのに、なぜかルスランにだけ……欲情してしまう)

そうした衝動をこらえながら五分ほど待つと、ベッドから降りて衣服を身につけ、レーリクは上着をはおってホテルの外に出た。

シャワーは浴びたくなかった。彼の余香を消してしまうのが惜しい。

案の定、ひんやりとした風に乗って、自分の身体《からだ》から甘い匂いがふわっと立ちのぼるのを感じ、レーリクは苦い笑みを口元にきざんだ。

みずみずしく甘美なこの香りは、ルスランの寮部屋の窓辺に咲いている野苺《のいちご》の花の匂いだ。

吸いこんだだけで胸が高鳴り、また彼が欲しくなってしまう。

（おれもバカだな。よりによってこんなに激しい恋に堕《お》ちてしまうとは）

浅く息を呑《の》み、再燃しそうな情欲を押しとどめると、レーリクは路地の先にある地下鉄の駅へとむかった。

頭上には、薄い水色の澄んだ空が広がっている。

もう初夏なのに、まだ風は冷たい。それでも日ごとに空の蒼《あお》さが濃くなっていく気がする。

（学生でいられるのも、あともう少しか）

息をつき、レーリクは制服の入ったリュックを背負って公園を横切った。

ベンチや噴水のまわりに咲いている野苺の花――マリンカの香りが心地いい。ルスランと同じ香りだ。

それだけではない、黒すぐり――カシスの小さな花も咲いている。彼が大好きなお菓子の原材料だ。

枝にぶら下がるように、ひっそりと薄い紫色の花を広げているカシスの花を見かけると、ああ、もう初夏だ、ロシアで一番美しい季節がやってきたという実感に、自然と心が踊るような気分になる。

サンクトペテルブルク――一年の多くを雪と氷でおおわれたロシア二番目の都市。

表通りには帝政時代を思わせる優雅な街並みが続いている。

だが、レーリクがルスランとの密会に使ってるのは、それとは真逆の、ソビエト時代から変わらない無機質なアパートが経年で薄汚れたまま建ち並び、ざわざわと住民たちの喧《けん》噪《そう》が響く一角だ。

難民など低所得者層がひっそりと住むその区域の奥には連れこみ系の安宿や売春宿も多い。

そのなかから、比較的まともな経営者の、清潔感のあるホテルを選び、休日ごとに、彼――ルスランと待ちあわせをするようになった。

ちょうど一カ月前のことだ。

まだ白い雪がサンクトペテルブルクの街をおおっていた。

ルスランはレーリクと同じ学院の同級生だ。

生徒同士の恋愛が禁じられているため、ふたりで濃密な時間を過ごしたいときは、人目のない場所をさがさなければならない。

万が一、学院内で密会していることがバレると大変なことになってしまう。

(さすがにこのあたりまで学院の生徒が来ることはないだろう)

安宿が多く、低所得者が多い地域なので学院の生徒たちはまず近づかない。

こんなところにエリート学院の生徒がくることはないし、レーリクたちがそこの生徒だと気づく者もいないだろう。

そもそも他人のことをかまう余裕などない者が暮らしている地域だ。だから秘密の逢瀬《おうせ》にはちょうどいい。

(だが、そろそろ新しい場所をさがさないと。同じ場所ばかり利用していたら目についてしまう)

次から場所を変えよう、どこがいいだろう……と考えながら、地下鉄のセキュリティゲートと改札を抜け、エスカレーターに乗る。

地の底まで降りていくのではないかと思うほどの長いエスカレーター。

かつては地下空間を核シェルターに使えるようにしていたというだけあり、地の涯《ふち》まで続きそうな長いエスカレーターが高速で動いているが、それでも数分乗り続けなければホームには行けない。

見れば、はるか下のほうにルラスンの姿が見えた。

どんなに遠くても、彼の姿だけはすぐわかる。

そこだけが光り輝いているように感じるのは、彼が好きで好きでどうしようもないからだろう。

少し遅れてホームまで行くと、ルスランがベンチの前に立っていた。こちらに気づき、ちらっと一瞬だけ目が合う。

だが、たがいに声をかけることはない。万が一にも、二人の関係を人に知られるわけにはいかないからだ。

禁止されているアルファ同士の恋——この恋は隠し通さなければならない。

ルスランは、このあと、弟のミーニャが入院している病院へ寄ってから学院に帰る。

病院から出ることのできない幼い弟のミーニャ……ルスランは彼のために生きているといっても過言ではない。

だからいつも目立たずおとなしく、まじめな優等生としての姿を崩すことはない。ミーニャの入院費のために。

(おれのために……と、ならないところが残念だが、仕方ない。そもそもミーニャへの献身的な姿に惹《ひ》かれたのだから)

それと同時に、彼の心を解放させてみたいという正義感と、クールな仮面の奥にある激しい本性で灼《や》かれてみたいという悪趣味な気持ちがうごめいているのだが。

大丈夫、いざというときはおれが守る。

おれが破滅すればいいだけだ。その覚悟はある。全身全霊で愛しぬこうと思ったからこそ、この関係を始めたのだから。


レーリク――と呼ばれているが、本名はレフという。

レフ・ウラジミールヴィチ・シドレフ――年齢十八歳。

父の弟にレフという同じ名前の男性がいるので、家族からは愛称のレーリクという名で呼ばれ、自分でもそう名乗っている。

金髪、碧眼《へきがん》、長身の典型的なスラブ人だ。尤も碧眼といってもやや不安定だが。

光の加減と気持ちの持ちようで少しだけ色が変わってしまう。

おだやかな、冷静なときはアイスブルー、太陽の光が強いとやや紫がかかったブルーに。

そして情熱が前に出るときは翡翠《ひすい》色になる。

ロシアでも一、二を争うエリートアルファ養成校といわれるリンスキー士官学院高等科の最終学年に在籍する生徒だ。

（特にエリートになりたいわけではないが……成績で振りわけられてしまうので、しかたない。いずれにしろ、アルファである以上、どこかの学校の寄宿舎に在籍しなければならないのだから）

だが、競争社会に身を置くのは好きではない。はっきりいって、面倒くさくてたまらないのだ。

どうだっていい。興味がない。何の価値も感じない。

……と口にすると、「おまえはどうかしている」「アルファ失格だ」「反抗的な異端児」「再教育が必要だ」などと言われるだろう。

だがレーリクにとってはこの社会での地位などどうでもいいことだった。

アルファに生まれた以上、そうは言っていられないのはわかっているが。

この世界には男女の性に加えて、アルファ、オメガ、ベータという三つの性が存在している。

容姿、知性等で、特別優れているという遺伝子を持つアルファは、その特性から、政府高官や軍の幹部、医師、法曹関係者、聖職者など、支配階級の職に就くものが多いが、人口の一割ほどしか誕生しない。

人口の八割半はベータが占めている。

あらゆることに平均的といわれ、農民や下級兵士、商人、職人、肉体労働者などが多いが、まれに支配階級までのしあがってくる優秀な者もいる。

ただ遺伝子的に相性が悪く、アルファとベータとが男女で結婚したとしても決して子が生まれることはない。互いに惹かれあうこともないらしい。

それからアルファの半数ほどしかいないのだが、オメガという性がある。

オメガは男性だけしかいない。

彼らはアルファの男性と性的な関係を持つと女性のように妊娠や出産ができてしまうという特殊な肉体の持ち主だ。

アルファの男性の大半は同じ階級に属するアルファの女性と結婚するが、アルファ性の女性は出産に適していないため、よほどのことがないかぎり子供ができない。それもあり、公的にはアルファの女性を妻にしながらもオメガを愛人にし、その間にできた子供がアルファだった場合は、妻とふたりで自分たちの子供として育てることが多い。

そうしたほうが社会がうまく回っていくからだ。時折、オメガが愛人として子を育てるときもあるが、かなりレアなケースらしい。

第二次成長期を終えたころから、オメガには、二、三カ月に一度、一週間ほどの間、性的なフェロモンをあふれさせてしまう発情期という期間がある。そのとき、アルファ性の男性がそばにいると、そのフェロモンに性的な刺激を受け、オメガを抱かずにはいられなくなるらしい。

それゆえ、アルファとオメガは、それぞれアルファ専用、オメガ専用の学院で寄宿生活を送るのが義務づけられているのだ。

（実際、おれもまったく刺激されないといえば……そうではない）

ふと雑踏ですれちがいざまにオメガの特有の甘い匂いを感じると、身体の深い部分がぞくりと痺《しび》れそうになることがある。

だが、所詮は生理的なものだ。徹夜明けのどうしようもないほどの睡魔や、空腹時に香ばしいピロシキやブリヌイを前にしたときと同じ。

いや、むしろ生理的衝動や本能の赴くまま、愛してもいないオメガと性行為をしようとするやつらには虫唾《むしず》が走る。

空腹だからといって、金も払わずに店先からピロシキを奪って食べるのか？

眠いからといって平気で雪のなかで眠ったりしないだろう。

……と、言葉にすると、やはり危険分子扱いされてしまうので口にする気はないが。

けれど、アルファの多くはレーリクとは違う。

彼らにとってオメガはただの性的対象でしかなく、動物的な本能のまま凌辱《りょうじょく》してしまう事件も多々あり、数十年くらい前から、アルファとオメガは十八歳になるまで別々の学校で寄宿生活することが法律で義務づけられてしまった。

現在、自宅から学校に通っているのはベータくらいなものだ。

アルファとオメガは、それぞれ出自、成績、容姿、健康等でSクラスからFクラスまで分類され、個々人の能力に見合った教育を受けることになっている。

例外は、バレエ、音楽等の芸術的な才能を持った子供や世界で活躍できるようなスポーツ選手の卵だけ。

彼らのような例外は性的な事故が起きないよう管理されながらも、アルファとオメガが同じ学院生活を送っている。

しかしそれ以外は違う。

レーリクが所属するリンスキー士官学院もそうだ。全国で一学年五十人のSクラスのアルファだけを集めた全寮制の寄宿学校である。

同レベルの学校がモスクワにあり、一、二位を争っている。

双方とも社会主義時代の軍幹部養成学校がベースになっているが、民主化以降は、英国のパブリックスクール――特にイートン校の特色を交え、優雅で知的な、それでいて厳格なエリート教育が行われていた。

なにもかも国が管理していて、法律ではアルファ同士の恋愛は同性愛として厳しく禁じられている。

オメガと勝手につきあうのも許されていない。

つまりアルファもオメガも自由な恋愛自体が禁止されているような社会なのだ。

そんななかで、レーリクとルスランの関係が発覚するとどうなるか。

アルファ同士が恋愛をした場合、成人だと罰金か懲役刑、未成年だと矯正施設で一年間の再教育を受けることになる。

もちろん完全にエリート街道からは転落する。政府の要にもないし、軍人にも教師にもなれない。

一生、重い十字架がつきまとってしまう。

そう、この恋は誰にも知られてはいけないのだ。

†

こんなことをしてはいけない。

アルファ同士での恋なんて許されない。破滅しかない。

恋愛なんて禁止されているのに。同じ学院の学生同士……そう、アルファ同士でつきあうなんてことは――――。

それがわかっているのに、どうして自分の心に逆らえないのだろう。

土曜日の午後――図書館でレポートを仕上げたあと、ルスランはいつものように外泊申請を出し、学院を出た。

「……っ」

バス停にむかう一本道を歩いていると、木立から吹いてきたひんやりとした風にふるっと身震いする。

もう六月初旬だ。

まもなく白夜の季節だというのにまだ風が冷たい。

薄着で出てきたことを後悔したが、すぐにバスに乗ってしまえば風邪《かぜ》をひくほどではないだろう。

ミニバスで地下鉄の駅に行き、サンクトペテルブルクのシティーセンターへ。

まずは弟のミーニャが入院している病院へむかう予定だ。

ミーニャは父親の違う弟で、市街地の巨大な私立病院に入院している。

ルスランの学院は同じ市内でも反対方向にあるため、片道だけでも二時間近くかかってしまう。

平日には見舞いに行けないため、土日に一泊の外泊許可をとり、二日続けて病院に顔を出すことにしていた。

週末、大半の寮生が帰省するのもあり、校門の前の通りは、子供たちを迎えようとする保護者たちの車でいっぱいだ。

そんな様子を尻目にバス停に立っていると、すっと目の前に一台の大型車が停《と》まった。ひときわ大きな黒塗りの車の後部座席の窓がゆっくりと下がり、なかから異母弟のアダムが声をかけてくる。

「ルスラン、今週も外泊か？」

「あ、ああ」

異母弟——といっても、アダムとは数カ月しか違わないので、ふたりとも同じ学年に属している。だが、クラスは違う。ルスランは母方の姓を名乗っているため、学院内ではあくまで他人ということになっていた。

なので、学院内ではこんなふうに個人的に言葉を交わすことはない。

アダムは正妻のアルファ女性の息子であるが、一方のルスランはオメガ——つまり愛人の子である。

けれど双子のようによく似ているとまわりから言われる。

身長も身体つきも。違いがあるとしたら、アダムのほうは常にメガネをかけていることと、髪と瞳の色がルスランよりもやや薄い……ということくらいか。

それと少しだけアダムのほうが体格がいい。それでも同じ制服を着て、同じ帽子をかぶっていると、たまに間違えられてしまうことがある。兄弟だと気づいている生徒もいるが、いろんな事情を配慮し、あえて訊《き》いてきたりはしない。

「外泊ということは……今日も明日もオメガの弟の見舞いか」

「ああ」

ミーニャは、オメガの母が初恋の相手と再会してできた子供なので、異母兄弟のアダムとは血がつながってない。

「レポート……完成しているんだろうな?」

「ああ」

窓から伸びてきた手に、そっとSDカードを渡す。週明け、舞台芸術論のレポートを提出することになっている。

「テーマは?」

「ちょうど上演されていたミハイロフスキーバレエ団の『スパルタカス』を。自由、帝政、奴隷制度について……」

「いいね。教師たちに好かれそうな内容だ。で、おまえのほうは?」

「エイフマンバレエの『ロダン』について。彫刻家の葛藤、サンサーンスの音楽を使っている意味とか」

「それも教師に受けそうだね」

「ぼくのほうはB判定になるよう浅くて薄い内容にしておいた。きみはA判定がもらえるはずだ」

というのはウソだ。

自分のほうもA判定になると思う。いい論文が書けた。だが、そう口にするとアダムの機嫌を損ねてしまうのでなにも言わない。

「当然だろう、そのために、おまえには相応の報酬を払っているんだからな」

「ああ」

「来週は、ロシア正教の論文だが、いつごろ完成する?」

「もう完成している。そのカードのなかに一緒に入れてある。典礼言語のあり方について書いた。二本ともプリントアウトして提出すればいいだけだ」

「準備がいいな。典礼言語のあり方か。教師の喜ぶ顔が目に浮かぶ」

「ああ。一応、提出する前に一読を。質問されたときのために」

「了解。まあ、めったにないけどね」

SDカードを胸ポケットにしまったあと、ポットからカップにハーブティーを注いでいるアダムをルスランは冷めた眼差《まなざ》しで見つめていた。

苦手な試験をはじめ、面倒な課題、清掃当番といった雑用もアダムはルスランに押しつけてくるが、それが援助の条件だった。父親の違う弟――ミーニャの高額な医療費を払ってもらうための。

「あ、そうだ、今日は、父さんとディナーの予定だ。なにか伝言ある？」

リアシートにもたれかかり、アダムがカモミールの香りのするハーブティーを口に含んだあと、上目づかいでこちらを見つめてくる。

その表情を見ていると、顔立ちは似ているが、少なくとも自分はこんな性格の悪そうな顔はしていないはず……と思いながら、「いや」と首を左右に振る。

「なにもないの？」

「ああ」

政府高官の父にとって愛人との間にできたルスランは、いざというときのスペアのような存在でしかない。

正妻との間にできたアダムを支え、守るためだけの息子である。

アダムの母親で、正妻のナターシャは、現大統領の縁戚だ。彼女の実家はロシア一の鉄鋼企業を経営している。

おそろしいほどの財力と権力を持っている。父が政府高官になれたのもナターシャのおかげだ。

ナターシャにとっては、ルスランの母の存在は悪夢のようなものだったらしい。ルスランのこともよくは思っていない。だから父の本宅に自分から近づくことはないし、父とも最低限の事務的なつきあいしかしていない。

「おれの論文や試験の替え玉……本当は不満なんだろ？」

「それが条件だから」

ルスランは無表情で答えた。

「じゃあ、地面に手をついておれの足にキスをしろと言ったら……するか？」

「それが条件なら」

「次のオメガ役になれと言ったら？」

「……」

一瞬、ルスランは息を呑んだ。

オメガ役……アルファしかいないこの学院では、希望者には性処理専用のオメガとのパーティーへの参加を許可されるが、それだけでは満足できない生徒たちも多い。

そのため、生徒会が成績下位の美麗な生徒を指名し、性処理のために「オメガ役」と名づけて順番に相手をさせる。教師たちも黙認している悪《あ》しきルールだ。

成績が下位ではないし、アダムが生徒会にいるのもあってルスランが指名されたことはないが。

「しろと命じるならするよ」

無表情で答えたルスランの顔を目がけ、アダムはカップの中身をパシャッと投げた。

「――――っ！」

反射的に手でかばったが、熱湯に近いハーブティーが前髪から滴り落ちていく。その様子を冷ややかに眺め、ふっとアダムが微苦笑を浮かべる。

「安心しろ。おまえを指名する気はない。その顔に感謝しろ」

苛立《いらだ》ちの含まれた声音に、アダムの本音がにじんでいる。自分よりも下の者として侮蔑しながらも、彼がルスランを「オメガ役」に指名しないのは、皮肉にも兄弟ということもあって顔がよく似ているからだ。

アダムもたまに「オメガ役」を寝室に招いているし、複数人でおもちゃにしているという話は耳にする。だが、さすがに同じような顔のルスランを抱く気にもならないだろうし、自分と似た顔の生徒が組み敷かれている姿を見るのは、プライドの高い彼には耐えがたいことだろう。

「やれというならやるけど……ああいう慣習はよくないんじゃないか。自殺未遂した生徒もいたことだし、退学した生徒もいる。そのうち取り沙汰されないともかぎらない。どうしてもというなら、やはり政府認可のパーティーで相手を探すべきだと」

またなにか顔にかけられるかもしれないと思いながらも、一応、口にした。

彼の母親のナターシャから、もしアダムが学院内で問題を起こしそうなことがあったら、それを阻止するようにと頼まれていた。もし問題が明るみに出ることがあったら、ルスランが罪をかぶるようにとも。

「へえ、ルスランのくせにおれに意見するわけ？」

案の定、不服そうな様子でアダムが呟《つぶや》く。

「ルスランがそういうこと、していいわけ？」

こちらの顔をまじまじと見つめてくる。なにも返さないままでいるとアダムはくすっと嗤《わら》った。

「苦労するな。カースト下位の家族を持つと」

ルスランは反射的に彼をにらみつけた。

母親の圧倒的な力を笠に着て育ってきたアダムは、昔から愛人の子としてルスランを蔑み、高圧的な態度を取ってくる。

いつものことなので自分に関しては気にはしないが、弟のミーニャを悪く言われるのは許せなかった。

「おっと……そんな怖い顔をしなくてもいいじゃないか。本当のことだろ？　病院から一歩も出られないなんてオメガとして生まれてきた意味もない。ただのお荷物だ。そんなお荷物のためにおれの奴隷になっているおまえに同情しているんだよ」

「……殺すぞ、それ以上言ったら」

思わず吐き捨てた言葉にアダムはぷっと吹きだす。

「やれるものならやってみろ。その勇気があるなら褒めてやる」

捨《す》て台詞《ぜりふ》を残してアダムは窓を閉めた。車が市街地にむかって進んでいく。

たかが数分だけのことなのに、何時間も話していたような疲労感に襲われ、ルスランは肩で息をついた。

(勇気？　あるのかないのか……自分でもわからない。彼に逆らえない立場だというのはわかっているし、波風を立てず、おとなしく従順にふるまうつもりではいるけど)

ただ、どうしてもゆずれない一線があった。

病院にいる異父弟のミーニャを悪く言われることだ。ほかのことはどうでもいいが、それだけはどうにも我慢できない。

(ミーニャは……ぼくにとっての聖域だ。誰よりも愛おしい存在。あの子を守ることさえできればそれでいい)

やってきたバスに乗ると、ちょうどミーニャの看護師からメールが入った。

今朝、熱が出たため、今週末の見舞いは控えてほしいというものだった。

(熱……？　まさか)

一瞬、心臓がどくりと音を立て、恐怖に顔がこわばったが、次の一文を見てほっと息をつく。

——ですが、午後に熱は引きました。白夜の季節なので、睡眠障害になって体調を崩したようです。命に別状があるわけではないので大丈夫です。どうか安心してください。ただ、しばらくは安静にしていたほうがいいと主治医の判断です。元気になったら動画を送ります。

ルスランは力が抜けたように座席に腰を下ろした。

「よかった……」

思わず声が出てしまう。

看護師から届くメールによい知らせはほとんどない。病状悪化の報告ばかり。だから心臓に悪い。

（どうか少しでも長く……）

祈るような気持ちでスマートフォンをポケットに入れると、ルスランは窓ガラスに頭をあずけ、目を閉じた。

週末にミーニャに会えないのなら、寮にもどってもいいのだが、このまま学院に帰る気はない。今日は別の約束もあった。

ガタガタと揺れるバスの振動を感じているうちに、十分ほどで地下鉄の駅に着く。

改札を抜け、エスカレーターで降りていく。ちょうど同じホームの端にたたずんでいるレーリクに気づいた。

（レーリク……）

あそこに、もうひとり――ルスランの聖域がいる。

単純かもしれないが、彼の姿を見るだけで、アダムとの会話でどんよりとした鈍色《にびいろ》におおわれてしまった心が一瞬で透明に浄化されるようだ。

今では、ミーニャと同じくらい大切な存在かもしれない。愛を感じている。彼がいるから学院での時間のすべてが愛しい。

今すぐそばに行きたい。触れたい、キスしたい、抱きあいたい……きみのことが大好きだって言いたい。

（もちろん……そんなことはしないけど）

こんな場所でいきなり抱きついたりしたら、ふたりともおしまいだ。アルファ同士の恋愛は、校則だけでなく国の法律でも厳しく禁じられているのだから。

スマートフォンを眺めるふりをしながら、少し離れた場所のホームに立つレーリクの姿をちらりと横目で見る。

彫刻のように整った横顔は、道を歩いているだけでファッション誌のモデルにスカウトされるのもうなずけるほどの美貌だ。

さらりと顔の前まで垂れた金髪がとても美しい。

光の加減によって淡い紫色に見える蒼い双眸《そうぼう》は、冷ややかな鉱石――ラピスラズリのような色をしている。

やがて地下鉄がホームに入ってくる。なかに入ると、レーリクは別の扉から同じ車両に入り、斜めむかいの席に腰を下ろした。

始発駅というのもあり、まだ車内はがらがらだ。

それなのに窮屈な感じがするのは、同じ学院の生徒があちこちまばらに座っているせいだろう。誰かに監視されているような気がしてしまう。

――今から病院？　何時くらいまでいる予定？

スマートフォンのＳＮＳを使ってレーリクからメッセージが送られてきた。

――いや、今週はなくなった。熱があって無理だって。

――大丈夫なの？

こちらを心配するように、レーリクが視線をあげる。

――大丈夫。念のため、安静にってことで。今日のお見舞いはなしだって。

――それは残念だね。

――だから……その時間、有効利用したいと思っている。

その時間、きみと一緒にいたい……とストレートに書くことはできない。誰に知られるともかぎらないから。

――それはいい考えだ。賛成。そういうときは早く動いたほうがいい。

彼からの返事もそうだ。待ち合わせの場所に予定よりも早めに行くという意味がこめられている。

——それで来週の見舞いは大丈夫そう？

——うん、多分。

——なら、おれも会いに行く。来週はボランティアで病院に行くから。

——本当に？　喜ぶと思う。

思わず笑みを浮かべてしまいそうになるが、視界にほかの生徒の姿が入り、ルスランは口元をひきしめた。

——彼の大好きな仔熊のミニケーキを持っていくよ。

——ありがとう。

仔熊のミニケーキは、ロシアの子供たちに大人気のショコラクリームとカシスクリームの入ったお菓子だ。かわいい仔熊の形をしていて、頭とお腹《なか》に別々のクリームが入っているのだが、口のなかに入れて噛《か》み締めるとふたつの味が溶けあってとてもおいしい。

——それから来月の彼の誕生日には、彼に夏用の帽子とサングラスを。ぬいぐるみたちにもおそろいのを。

——それは素敵だ。いつもありがとう。誕生日まで気にしてくれて。

——ありがとうは必要ないよ。友達を大切にしたいだけだ。彼とはきみと知りあう前から友達なんだから。

そうだ、レーリクは病院でボランティアをしていたとき、ミーニャと知りあって友達になっていた。

彼のこうした細やかな心づかいに触れると、じわりと目のあたりが熱くなって涙がこみあげてくる。

オメガの母は、ミーニャがまだ一歳のときに亡くなり、父親の行方《ゆくえ》もわからない。ミーニャにはルスラン以外の親族がないのだ。

生まれたときから病院を出たことがなく、友達もなく、いつ命の灯《ともしび》が消えるかわからない。そんな異父弟にとって、レーリクが友達になってくれたことがどれほどの支えになっているか。

ありがとうありがとうありがとう……百万回言っても足りないくらい感謝している。今すぐ抱きついて、そのほおにお礼のキスをしたいくらいだ。

もちろんそんなことはできないけど。

学院にいるとき同様に、ルスランは自分の感情の波を殺し、ただ「ありがとう」という言葉だけを返信した。

愛しているも大好きも……書くことはない。

校則や法律の問題だけではない。

レーリクを自分の事情には巻きこんではいけない。

万が一、彼がアダムに目をつけられ、彼の母のナターシャに邪魔ものだと判断されてしまったらどうなるか——想像しただけで凍った湖に落ちてしまったような冷たさを感じて身が縮んでしまう。

レーリクの優しさにはどうしようもないほど救われている。

学生時代だけの束の間《つかのま》の、この彼との疑似恋愛のような関係も、自分にとっては、神さまに祈るよりも強い救いになっている。

(危険なのはわかっているけど。ぼくも彼もなにもかも失うかもしれないのはわかっているのに)

それでも求めずにはいられない。これが恋というものなのだろうか。

アルファなのに自由恋愛を、しかも同性同士でしているなんて、誰にも相談できない。けれど、ほかの誰にもこんな感情は抱けない。発情期のオメガとすれちがっても、そのフェロモンを嗅いでも何のときめきもない。

それどころか、嫌悪を感じる。

ほかのアルファたちがオメガを相手にしたときの、嗜虐《しぎゃく》的な感覚やセックスしたときの武勇伝を話しているのを耳にしたときもゾッとしてしまった。

そんなことはしたくない。そう思ってしまう自分はどこかおかしいのだろうか。アルファなのに、オメガになにも感じないなんて。

好きだ、触れたいと思うのは……レーリクだけだ。

切ない胸の痛みも甘い息苦しさも全部全部レーリクにしか感じない。

こみあげる想いを感じていると、またレーリクからメッセージが届いた。

——だいぶ先だけど、一月七日のきみの誕生日にはカシスショコラのムースを作る予定だ。楽しみにしておいてくれ。

え……。

一瞬、ルスランは目を細めた。

——きみが作るの？

——そうだ。写真を添付する、見てくれ。

カシスムースとチョコレートムースが二層になったホールケーキの写真だった。雪のような生クリームにダークチェリーと木苺が飾られ、その中央には、花の形をした淡いグリーンの小さなピスタチオ・チョコレート。まるで雪原に咲く雪割草のようだ。

——すごい。お菓子作りが得意だったなんて意外だ。知らなかったよ。

おとぎ話の王子さまのようなレーリクがお菓子を作る……。

すぐにイメージが湧かないけれど、彼はエプロンをつけた姿もさぞかっこいいだろう。

その上、彼からふわふわとした生クリームやヴァニラの香りがしたら、誰でもドキドキしてしまうかもしれない。

――別に得意というわけではないけど、かなり上達したと思う。

――お店を開けるくらい？

――無理だ。残念ながら、作れるのは一種類だけ。しかも食べてくれる相手がきみだと想定したときしか成功しない。

冗談めかした彼からのメッセージに、ルスランは口元に笑みを浮かべた。

「……」

わざと別方向に視線をむけ、ちらりと窓ガラスを見ると、レーリクもうっすらと微笑を浮かべているのが映っている。

その姿を見るだけで胸が弾む。天国にいるような気持ちになる。自分のまわりに美しい花があふれ、毎日、いろんなことをがんばろうと思えてくる。

恋はとてもすばらしい……と思う。それだけでこんなにも一人の人間を幸せにしてしまうのだから。

なのに、どうして禁止されているのだろう。

――じゃあ、おれは教会横のショッピングモールに寄るから。

そこで制服から私服に着替えるという意味だ。

――ぼくは広場のマーケットにするよ。買いたいものがある。

それぞれ別々の場所で着替え、待ち合わせのホテルへとむかうという意味をこめたやりとりだ。

こうした連絡は取りあうけれど、この国では誰がメッセージを見ているかわからないので必要最低限のことしか書けない。

ほかの国で使用できるアプリは基本的には使用できないのだ。解除アプリを使用すればいいのだが、それをダウンロードしただけで反抗的とみなされてしまう。

長い間、社会主義という体制のもと、国家に管理されていた。ルスランの父が生まれたころはまだそんな時代だったらしい。しかし自由になったのは表面だけで、内側はそう大きく変わっていないと思う。

恋愛や職業を自由に選択できるのはベータだけ。

レーリクやルスランのようなアルファは、六歳になると、成績や健康、容姿等で分類され、それぞれの能力に応じたランクのアルファ専門の学院で寄宿生活を送らなければならない。

オメガも同様に、オメガだけの学院で寄宿生活をしている。

そして十八歳から二十二歳くらいの間に、それぞれ同じランクの相手と見合いをして互いのパートナーを決めるのだ。子供を作るために……。

（おかしい、子供を作るため、恋をする自由を奪われるなんて……）

そんな考えを持っていたとしても、この世界では決して口にすることはできない。

特に自分は絶対に。

政府高官の父と約束しているのだ、いずれ政界に入るアダムをサポートし、命がけで守れる人材になる、と。

その代わりミーニャの高額の医療費を全額負担してもらっている。

ミーニャが生きているのは、父のおかげだ。

学院で、アダムの苦手科目の試験を代わりに受けたり、レポートや清掃当番を引き受けたりしているのもすべてミーニャのため。将来もアダムの補佐をしていく約束だ。

だからはここで道を踏み外すわけには行かない。

（……こうして恋愛をするのも今だけだ。ほんのひとときの。今のぼくにはどうしても必要だから、レーリクの存在が。彼を失いたくない。だからうまくやり過ごせるよう、学院では完璧に自分の役割を演じてみせる）

目立たずおとなしく、きまじめな優等生。教師や理事たちから厚い信頼があり、エリートアルファとしての品格を失わない生徒――そうあり続ける。

（本当は……わかっている、そんな自分が苦しいのが。だからよけいにレーリクを求めてしまうのだろう）

今日から待ち合わせのホテルの場所を変えた。

以前は移民たちの多い一角だったが、今度は観光客の多い、外国資本の、そこそこ安価なチェーンホテルを選んだらしい。

万が一にも学院関係者に見られないよう。

もちろん、途中のショッピングモールでいまどきの高校生に人気の服に着替え、ベータのような外見になるようにしているが。

（ぼくは……アルファでも小柄だし、ふだんから地味に見えるから大丈夫だけど、レーリクは無理だ。どんなにベータに扮《ふん》しても、アルファにしか見えない）

さっき、ハーブティーをかけられ、濡《ぬ》れてしまった制服をショッピングモールでクリーニングに出し、自分の髪もコインシャワーで洗ってからルスランはホテルにむかった。


新しく待ちあわせるホテルは、地下鉄の駅から十分ほど歩いた場所にあった。

もう午後七時を過ぎている。

スマートフォンを見ると、レーリクから部屋番号のメッセージが入っていた。番号を確認し、彼の少しあとにエレベーターに乗って部屋へとむかう。

「……」

インターフォンを押すと、ドアがひらく。

そっとなかに入ると、窓から教会の鐘と川のさざ波の音が聞こえてきた。

新しいホテルの部屋には、以前のように音楽は聞こえてこない。

先週まで待ちあわせに使っていたホテルの窓辺には甘いクラシック音楽の音色がよく響いていた。ふたりを彩るＢＧＭのように。

(ここは……外がよく見えるのか)

レーリクはルスランの手元を見て問いかけてきた。

「荷物が少ないね。制服は？」

「あ、ああ、クリーニングに出してきた。明日、帰る前に仕上がるようだから」

「そういえばさっき濡れていたように見えたけど」

「うん……少し雪で」

「髪も濡れている。どこかでシャワーでも浴びてきた？」

「あ、うん、ちょっと。あのそれより……ここ……外から丸見えだよ」

これ以上、追及されたくなかった。レーリクと一緒にいるときに、アダムとのことを思い出したくはない。

ルスランはごまかすようにぐるっと部屋を見まわして窓辺に近づき、カーテンに手を伸ばした。

「……どうして閉める」

天井から床まで伸びたカーテンを閉じようとすると、レーリクが後ろから近づいてきてその腕を止めた。

「暗くしたいんだ」

カーテンをもう一度閉じようとするが、レーリクがその手を布から引き剝《は》がし、さらに大きく全開にしてしまう。

「ちょ……外から」

見えてしまうじゃないか——と言おうとしたルスランのあごを後ろからつかみ、レーリクがほおにキスをしてくる。

ホテルの鏡にはふたりの姿が映っている。

一人は自分——黒い髪、黒い瞳、色白の細面と物憂げな顔は、中央アジア出身のオメガの母親とよく似ている。

もうすぐ十八歳になるアルファだというのに少年のままの体型なのは、小柄ではかなげな雰囲気だったオメガの母親の遺伝子のせいだろう。

鏡に映るもう一人は、さらりとした金髪の、驚くほどの美貌の白系ロシア人。先祖はロシア革命のあと、亡命していた貴族だという噂《うわさ》だが、本人にたしかめたことはない。

「大丈夫、ここからは運河しか見えない。閉めるのはもったいない、こんなに美しい季節なのに」

美しい季節――白夜、決して夜がこない季節……。

ロシアの古都サンクトペテルブルク。

夜になっても、この季節の空は昼間のように明るい。やや金色に染まった西の空が一日の終わりを教えてくれる程度だ。

この季節になるたび、眠っても眠ってもきちんと眠れなかったような、けだるさが身体に残っている。

子供から成長期の青少年に多いらしいが、一日中、外の世界が暗くならないために、脳が休まらないのだ。

今回のミーニャの体調不良もそれが原因だった。

たしかにひどいときは、インソムニア状態になり、いつも幻想的な夢をさまよっているような感覚になる。ルスランにもそんな経験が何度かあった。特に、こんなふうに太陽の光を長く感じていると。

「たしかに……綺麗だけど」

本当に美しい。夕暮れを映した金色の光がネヴァ川のゆったりとした波濤《はとう》になりまばゆくきらめいている。

見ていると、無性に哀《かな》しくなってきた。強い哀しみではなく、心がじわじわとひび割れていくような痛みとでもいうのか。

「美しいけど……さみしい……見ていると、辛《つら》くなってくる」

感じたままひとりごとを言葉にすると、後ろからレーリクがまたほおにそっとキスをしてきた。心臓がどくりと高鳴る。

「……っ」

「そうだな。きみに似ている」

ルスランの髪を撫《な》でながら、レーリクが呟く。ふわっと吐息が耳に触れ、それだけで胸が甘苦しく疼《うず》いた。

「ぼく……に？」

ふりむいて目線をあげると、レーリクが微笑し、背に腕をまわしてくる。

「透明でさみしい。でも浄化してくれる」

「……？」

眉を寄せ、ルスランはレーリクを見あげた。

「そう、奇跡のように澄んだ空気がさあっと身体のなかを通り抜け、気がつけば、みずみずしい美しさに満たされているのがわかる」

「おおげさだな」

くすっと笑いながらも、まったく同じ言葉を返したい気持ちになっていた。

（それを言うならぼくこそ……）

レーリクといる時間に癒しを感じている。

この時間が愛《いと》しい。一緒にいると身体の内側から浄化されるような感覚になる。

そう、細胞のすみずみまで浄化されるような。こうして抱きあっているだけで、そこからどんどん自分が綺麗になっていく気がするのだ。

彼のことは……よく知らない。

半年前、同じ学院に編入してきた転入生だ。いくつもの悪い噂を耳にしているが、本人に直接たしかめたことはない。

彼が自分の家族やこれまでの人生について口にすることはない。実家のことは好きではないらしい。むしろ遠ざけているように感じる。

——転校してくるまで、どこの学院にいたの？

そう訊くのは簡単だが、もし噂が本当だったら、どうしたらいいのか。彼に関する悪い噂は全部で五つある。

——同級生に怪我をさせ、しばらく海外の少年院にいたっていうのは本当なの？

——ライバルだったクラスメートを殺したっていう噂もあるけど、事実なの？

——オメガを凌辱して妊娠させたために転校させられたって話もあるけど、そのひとと子供はどうなったの？

——父親が巨大マフィアのボスで、後継者争いのトラブルで転校するしかなかったという噂も聞いたけど、きみはマフィアの後継者なの？

——まさか本当に大統領の隠し子じゃないよね？

ひとつずつ尋ねたら、どれが真実なのか教えてくれるだろう。だけど彼が自分から言おうとしないかぎり、ルスランから訊こうとは思わない。

レーリクにはどんな家族がいるのか、どこで生まれ育ったのか、リンスキー士官学院に転校してくるまでどこの学校にいたのか——そんなことはこの束の間の関係にはどうでもいいことだから。

むしろ知らないままでいたほうがいいようにも思う。

未来もなにもない関係でしかないのだ。卒業までの関係だと割りきらなければ。高校生活が終わるとき、すべてをリセットして、ただのアルファにもどる。

（そうだ。いつでも引きかえせるようにしておかなければ）

心のなかで己に言い聞かせながら、ルスランは自分を抱きしめるレーリクの肩に頭をあずけた。

「……後悔しているのか」

え……？

ルスランは視線をあげた。

長めの前髪のすきまから、美しい宝石のような蒼い双眸が狂おしそうにルスランをとらえていた。

後悔――――？

「どうして……そんなことを」

「何となく。後悔している顔に見えた」

「それはない」

思わず苦笑いした。

後悔するとすれば、なにに後悔すればいいのだろう。

こんなことをしていることか？

それともレーリクを好きになってしまったことか？

あるいはこれまで自分が生きてきた十七年半の人生すべて？

心のなかで次々と浮かんでは消えていくたくさんの思い。

そのすべてに後悔の言葉が当てはまる気もするけれど、別に後悔などしない。これは自分で選んだことだ。

どうしようもないほど愛している。

その綺麗な絹糸のような髪も、その冷たそうな体温の低い皮膚も。

じかに言葉にしたことはないけれど、何の枷《かせ》もなければ、一緒に破滅してもいいと思ってしまうほど。

この手をつかんだままでいられるなら、あの川に沈んでもいい。

「反対だよ。後悔したくないから……ここにいる」

視線をずらし、ルスランは窓からサンクトペテルブルクの空に輝き始めた月を見あげた。

白夜なのに、月が出ている姿は幻想的なまでに美しい。

やや青白くなってきた空と月のせいか、対岸で淡くライトアップされた大聖堂がいつもよりもずっと神秘的で、壮麗で、それでいてとても孤独に感じられる。

ちょうど今日の午前中、あの地を舞台にした小説の論文を書いたせいだろうか。

金貸しの老婆を殺し、破滅しそうになりながらも愛によって再生していく青年の物語——『罪と罰』——あの作品の舞台になったのがあのあたりだ。観光客のツアーが主人公の部屋とされる場所の前でよく写真を撮っている。

(あの物語みたいに……きみも罰を背負える?)

そう尋ねたら、レーリクは何と返事をするだろう。

なにも言わず手をとって、一緒に背負ってくれるだろうか。

それとも冷たく背をむけ、去っていくだろうか。

あるいは、ふたりで一緒に生きていこうと言うだろうか。

「レーリク……きみはどうする?」

大聖堂を見ながら、ルスランは独り言のように呟いていた。

「どうしたんだ？　どうするって、なにを？」

その手がほおを包み、顔をのぞきこんでくる。一瞬レーリクを見つめたあと、ルスランは首を左右に振った。

「いや、何でもない」

うつむきかけたとき、肩にまわっていたレーリクの手があごをつかんだ。振りむかされ、唇をふさがれる。

「……っ」

皮膚と皮膚を触れあわせるだけの軽いくちづけだった。

でもそれだけで身体の奥が甘く疼く。

もっと強く、濃厚なキスがしたい。この全身を貪られたい。我を忘れるほどめちゃくちゃにされたい。そんな衝動がどうしようもないほど湧いてくる。

「あと……少しだな」

唇を放し、耳元でレーリクがささやく。

あと少し。それはこの関係のことなのか。こうして過ごせる時間——学生時代のことを指しているのだろう。

「……そうだな」

うなずいたルスランの頭を手のひらで包みながら、今度はほおにキスをしてきた。甘く優しく、皮膚に触れてくるやわらかなキスを感じていると、心地よい催眠術でもかけられたように身体から力が抜けていく。

いつしか抱きあげられ、ベッドに横たわらされていた。のしかかってきたレーリクの手がシャツをたくしあげ、指先が乳首に触れる。

ルスランはびくっと身体を震わせた。もう何度も身体を重ねているのにまだちょっとしたことで緊張してしまう。

「……怖い？」

動きを止め、前髪のすきまからレーリクが心配そうにこちらをうかがってくる。そっと首を左右にふり、ルスランは笑みを見せた。

「平気……きみはとても優しいから」

そうだ、レーリクはいつもとてもこちらを気づかってくれる。繊細なガラス細工にでも触れるかのように、花びらを一枚も散らさずに花束を作るかのように。

「本当に大丈夫？」

ルスランの髪をかきやる手の仕草も、本当にとてもやわらかくて甘い。くすぐったさの混じった心地よさを感じ、ルスランはその手を両手でつかんでほおを押し当てた。

「ああ、それどころか……この手に触れられると幸せな気持ちになる」

「おれも。きみの肌に触れるとそこから幸せになれる」

「でも……ちょっと悔しくなる」

「どうして」

さぐるように目をのぞきこまれるとほおが熱くなり、ルスランは顔をそむけた。

「それは……きみがあまりにも優しくて……あまりにも素敵だから」

「それなのにどうして？」

「……」

「言って。優しくされるのが嫌なの？」

「ちが……そうじゃなくて……ぼくの前に……」

ルスランはレーリクに視線をもどした。

「きみの前に？」

あごをつかみ、至近距離から顔をのぞいてくる。

「それは……ぼくの前に同じ経験をしたひとがいると思ったら……」

「もしかして妬《や》いてくれてる？」

「いや……そうじゃなくて」

そうだけど、そうだとは言えない。こちらのそんな心情がわかったのか、レーリクはふっと目を細めてまぶたにキスをしてきた。

「いない、誰も。なにもかもきみが初めてだ」

「うそ……まさかオメガとも？」

「もちろん」

「女子とも？　みんな、けっこう経験あるのに。きみなら誘惑も多いだろうに」

「好きじゃないんだ、そういうの。きみは？」

「ぼくだって……なにもかもきみが初めてで……好きじゃないから……遊びは」

「やっぱり……おれたちは出会うべくして出会ったわけだ」

「え……？」

「たがいに同じ恋愛観を持っている。会うたび、どんどん惹かれあう。相手に触れていると、ふたりとも心が綺麗になって気持ちよくなる。これこそ運命の相手だ。生涯の伴侶にふさわしい。アルファとオメガではないけど、おれたちのような関係こそ、本物のつがいというべきじゃないか」

「そう……だけど」

「だろ？」

幸せそうに微笑すると、レーリクは再びルスランのシャツをたくしあげて今度は乳首に唇を近づけてきた。ふわっと彼の吐息が触れ、肌がざわめく。もの欲しそうに乳首が尖《とが》るのがわかって恥ずかしい。

「ここ、見るたび、かわいい色になってきている。少し大きくなった？」

「それは……きみが……」

「自分でもいじってるだろ？　でないとこんなにはならないよ」

「言うな……そんなこと」

「知りたい、きみのこと……なにもかも」

「ん……ん……っ」

舌先でつつかれただけで身体の奥がぞくりと痺れ、ルスランは思わずシーツに爪を立てた。いじってない……といえば、うそになるけど、自分でいじってもこんなふうには感じない。彼の舌や指でなければ。

「あ……はあ……っ」

「すごいね、素敵だよ、乳首をかわいがられただけで、こんなに切なそうに甘い声を出すアルファは、世界でもきみしかいないだろうな」

「レーリク……そういうことは……ん……っ」

「うれしい。それに幸せだ、きみを愛せることが」

ぼくだってそうだよ、うれしくて幸せだよ。きみに乳首をいじられるとたまらなく気持ちよくなってしまう。

そう、そうやってきみの舌がぼくの乳首を刺激すると、腹部の奥のあたりがぞくぞくと疼いてたまらなくなってしまう。

体温の低いきみの手のひらに脇腹や腰のあたりを撫でられたとたん、あまりに心地よくて、ぼくの性器は先走りの蜜でぐっしょり濡れているって知っている？

もっときみに触られたい、もっときみにかわいがられたい、もっときみに愛されたい……そんな気持ちが止まらない。

きみが欲しくて、どくどくとしたいやらしい雫《しずく》で下着のなかが蒸れてしまっているけど、そんなぼくでも好き？

そんなことをじかに伝えるのは恥ずかしくて抵抗がある。けれど、心のなかではいつもはしたない言葉をたくさんレーリクに投げかけている。

「あ……っ……な……」

「困ったアルファだ。きみの吐息は、どんなオメガのフェロモンよりもおれを甘く誘惑してしまうよ」

それはきみがぼくの皮膚を吸うのがとても上手だから。もっとされたくて、甘い息を吐いてしまうんだよ。

いつしか下着ごとズボンを脱がされ、彼の手がぐっしょりと濡れた性器に絡みついている。触れられるのがあまりにも心地よくて。ルスランは足を広げてレーリクの背に腕をまわしていた。

「ここ……慣らすよ」

「ん……」

ローションを絡めた彼の指がそこを慣らしながらひらこうとする。

内壁を広げるようにやわやわとまさぐられると、全神経がそこに集中したかのように、たちまち下腹部が熱くなってしまう。

ひくひくと痙攣《けいれん》した粘膜が彼の指を締めつけるのがわかる。いつもこんな自分の変化が恥ずかしくて仕方ない。

「ん……ふ……っ……」

「我慢しないで、声を出して」

「でも……」

「大丈夫、おれだって恥ずかしいんだから」

「レーリク……」

「きみが欲しくて……ズボンの下……とんでもないことになってる」

レーリクはルスランの手を彼の下肢に導いた。たしかに硬くなっている。

「……」

それをファスナーから出して、口か手で奉仕したほうがいいのだろうか。

ほかのアルファたちから、たまにオメガとの行為のやり方を耳にすることがあるが、たいてい口に銜《くわ》えさせている。そこに射精することもあるという。

（ぼくもそうしたほうがいいかもしれない。ふつうはそうするものなのだ。よくわからないけど、彼に気持ちよくなってもらいたいから）

ルスランはレーリクのベルトに手をかけようとしたが、彼はすぐにルスランの手をそこから離した。

「いい、そんなことしなくても」

「でも」

「本当はとても恥ずかしいんだと伝えたかっただけだから。でも……きみと愛しあえるこの時間を大事にしたいから……恥ずかしさを捨てていると知ってほしいだけだから」

切なげな彼のささやきに、ふっとルスランのなかの恥ずかしさが消えていく。

そんなことをささやくきみが好きだよ。どうしようもないほど好きだ。

そうだね、週に一度だけしかないんだから。大切にしないとね。心ゆくまで愛しあえるこの時間を大切にしたい。

「もう限界だ、いい？」

問いかけられ、吐息まじりに「うん」とうなずく。

「……っ」

ぐうっと彼が体内に挿《はい》ってくると、ルスランの内側の粘膜はぴくぴくと痙攣して彼を奥へと引きずりこもうとする。

つながった場所から広がっていく熱が体内を蕩《とろ》けさせるようだ。あまりの快感にたまらず身体がのけぞり、恥ずかしさも忘れて甘い声をあふれさせてしまう。

「ああ……っ……ああ……っ……！」

ふっと彼からただよってくる甘酸っぱいカシスの香りに、身体の奥がいっそう熱くなり、甘苦しい疼きに支配されていく。

そういえば、さっきカシスショコラのムースの写真を送ってきていた。今日、作っていたのだろうか。

そんな甘いカシスの香りを感じながら、ルスランはレーリクの腕のなかで我を忘れたように身悶《みもだ》えた。

風に揺れるカーテンの向こうに、きらきらと沈まない太陽を反射させて金色に光るネヴァ川が見える。

ロシア正教寺院の鐘の音が心地よく耳に響いていく。

この鐘の音を聞くと、レーリクを好きだと初めて自覚したときの記憶がよみがえり、切なさがじわっと胸に広がっていく。

この関係はいつまで続けられるのだろう。ふたりはこれからどうなるのか。

いくつもの疑問や不安を一時的に放棄し、己を解放できるこの時間がどうしようもなく愛おしい。
いつまでも明るいままの白夜の……決して暗くならない夜。
この世界のようにこの時間が永遠に続けばいいのに……と思っていた。
あの日、初めて話をした数カ月前、そして彼への恋をはっきりと自覚した春の夜。
あのときから、ずっと――。

2 雪割草のアダージオ

レーリクがルスランにとって特別な存在になったのは、初めて彼と話をしたときだった。

あれは全国統一試験のあとだった。

数カ月前のことだ。

まだサンクトペテルブルクが雪に包まれていた季節だった。


三月中旬——冷たい冬の風がロシアの古都の間を吹き抜けていた。

ネヴァ川はまだ凍り、いつまでも溶けない雪が、帝政ロシア時代の街並みが続くロシア第二の都市サンクトペテルブルクの街を白く染めている。

雪が舞うなか、サンクトペテルブルク在住の、アルファの子弟全員が全国統一試験を受け、市街地の大講堂から帰ろうとしていた。

アルファの学院は、Sランクから、A、B、C、D、E、Fと七段階に分けられ、それぞれの能力に応じた学院にレベルで分けられる。

一年に一度、三月に行われるこの全国試験の成績で、そのまま同じランクの学院にいるのか、あるいは上に行くか下に行くかが決まる。

その最高峰は、ルスランやレーリクが所属しているリンスキー士官学院だ。

政治家、実業家、軍幹部になるのが運命づけられている面々で、各学年に全国から五十名しか入れない。

成績、容姿、身体能力、健康、体力、出産能力、遺伝子……すべてにおいてSランクだと認められた集団である。

そして卒業後、それぞれの目的に応じた大学に入学するが、その間に、やはりSランクに所属するオメガとの交流会が開かれ、そこでパートナーをさがすことになっている。

しかるべきアルファとしかるべきオメガとの「つがいの契約」のために。

優秀な人材は国家の未来を左右するのもあり、アルファとつがいの契約をするオメガは徹底的に吟味されなければならないのだ。

今日、ここに集っている全サンクトペテルブルクのアルファのなかでも、とりわけリンスキー士官学院の生徒が身につけた制服が目立っていた。

将来国家を背負っていくエリート中のエリートたちの集団。制服は二種類あり、夏は白いシャツに濃紺のタイ、冬は金モールに金ボタン、金のラインの入った濃紺のジャケットに黒いロングブーツ。外を歩くときは白手袋を必ず着用し、片側だけ腕を出すロングマントをはおらなければならない。

その襟元の留め金には学院のシンボルでもある翼竜のエンブレム。

一週間にわたる全国統一試験の最終日――今日の試験科目は、数学、物理、化学という理系の三科目だった。

この全国統一試験の結果で、そのままリンスキー士官学院に残れるかどうかが決まり、さらに残ることができた場合、学年のなかで二クラスに分けられる。

上位の特進クラスと、下位の一般クラスと。ルスランは、そのなかでは一般クラスに属しているが、おそらく次回もそうなるだろう。そうなるように調整している。

試験が終わったあと、学生たちは帰路についた。午前中だけなので、午後六時の門限までは自由時間である。

「見て、かっこいい。リンスキー学院の学生たちが歩いていくわ」

制服姿の学生の集団が通り過ぎていくと、道を行く人が自然と振りかえる。

「未来の国家エリートだ。あのなかから将来の大統領も誕生するかもしれないな」

「素敵。みんな頭がよさそう。それに美しいわ」

そんな話し声が聞こえてくる。

三十年ほど前――ソビエトという国はこの世界からなくなった。けれど今もまだそのころの強さに思いをはせている国民は多い。

市民にとっては、エリートアルファの集う士官学校の生徒は、未来のロシアの政治経済軍事を担う若者たちということもあり、自分たちの誇りのように思っているらしい。

「では各自、午後七時の夕食の時間までに寮にもどるように」

大講堂の前にいったん全員が集まる。

代表生徒であり、生徒総監のアダムを中心に五十人が整列している。

「ルスラン、帰りだけど、みんなで映画に行かないか」

生徒のひとりが声をかけてくる。

「すまない、ぼくはせっかくだから弟の病院に寄るよ」

「大変だな、かなり悪いんだっけ?」

「うん」

移植手術をしなければ長く生きられないと言われている。

本当は毎日でも会いに行きたいのだが、学院は月曜から土曜の午前中までぎっしりと授業があるので、こういう機会でなければ平日に顔を出すのはむずかしい。

休みの期間を除いて、毎日とても忙しいのだ。

毎朝七時に一日が始まる。

外国語は最低二カ国語。母国語のロシア語、文学、哲学、歴史、数学、化学、物理、生物学、地理学、社会学といった必修科目に、ピアノかヴァイオリン、水泳、フィギュアスケートかアイスホッケーも含まれる。

選択科目として、三カ国語目の外国語、音楽、絵画、彫刻、ダンスとその振付、柔道、軍事訓練。

文武両道が基本で、芸術的な能力も求められる。

「ルスラン、四時半に病院の前に迎えに行くから」

アダムが話しかけてくる。

「いいよ、別に。地下鉄で帰れるから」

「いいから待ってろ。父さんが車を用意してくれたんだ。秘書がおまえとぼくの今後の話もしたいみたいだし」

秘書が？　ルスランは視線を落とした。

「……わかった……では、門のところで」

「じゃあ、あとで」

アダムがポンと肩に手をかけてきた。そのとき、マントの下で、いつものようにたがいの学生証を交換する。

素早く、誰にもわからないように。

（万が一、誰かに見られたところで……父さんかナターシャがもみ消すだろうけど）

アダムは、学年トップの成績をおさめているが、実は数学、化学、物理、外国語が苦手なので、本来なら、特進クラスに入るのは無理な成績だ。

彼自身が実際に受けているのは、歴史と地理、体育、音楽であとはルスランが代わりに受けている。論文やレポート、研究課題といった提出物もルスランが自分の分も含めてふたり分やっている。

試験のときだけ、学生証を交換することになっていた。

見た目が似ているのもあるが、みんな、ほかの生徒の答案用紙の名前までいちいち確認しないため、これまでバレたことはない。

今日は、特に大事な全国統一試験だ。クラス分けは総合成績で決まる。ほかの科目でかなりの点を取らなければ、ルスランは特進クラスにあがるのは無理だろう。

だがそれはそれでいい。アダムが特進クラスにさえ入れれば。

それに同じクラスだと、監視されているようで面倒だ。

学院生活を無難にやり過ごすことさえできればそれでいいのだ。

目立たず、地味に、おとなしく、上位ランクには属している。それが自分の立ち位置。野心はない。夢も目標もない。

空気のように無事に過ごすことさえできたら。

そう、異父弟のミーニャを守れれば……それで――。

「……寒……っ」

地下鉄の駅から外に出ると、冷たい風がほおを叩《たた》く。

三月も半ばになり、あと一カ月もすれば北の都にも春が訪れるというのに、大寒波がヨーロッパを襲ったせいか、根雪の上に雪が積もり、風が吹き抜けるたび、新しい雪が舞いあがってぐるぐると渦を巻いている。

肩や頭に積もった雪を払って、ルスランはミーニャが入院している私立病院への道を進んでいった。

駅から病院への道のりは時間がタイムスリップしたかのように、旧ソビエト時代の面影を残している。

レーニンが演説したという建物、それから当時のものが展示された政治史博物館。四十年ほど前まで、まだこの街はレニングラードと呼ばれていた。

父は旧ソビエトの軍幹部の長男として生まれ育ったらしいが、そのころ、この街はどんな風景だったのだろう。

そんなことを考えながら歩きにくい雪道を進んだ先に、医科大学病院の附属施設――子供用の特別病棟の姿が見えた。

スターリン様式に似た巨大な建造物は、今は病院として利用されている。異父弟のミーニャもここに入院し、移植手術の連絡を待っているが、もしうまくいかなかったとき、彼の余命はそう長くない。

うまくいったとしても大人になるのは無理だと言われている。

ロシアの国立病院は無料だが、私立病院は全額実費なのでとても高くついてしまう。ここもそうだ。

ひとつひとつの施設が巨大化し、敷地内には郵便局や銀行、多目的ホール、画廊、ショッピングモール、レストラン、カフェなどがある。

小さな個室の子供部屋だが、壁に犬や猫、熊などの絵が描かれていてとてもかわいい。ベッドには絵本が散乱している。

最近、『森は生きている』がお気に入りらしい。

「わあっ、お兄ちゃん」

元気な声だ。今日は調子がよさそうだ。顔色がいい。ほっとしてルスランの口元から思わず笑みがこぼれる。

「ミーニャ」

ふわふわとした金髪に、愛くるしい琥珀《こはく》色の眸。ふくらんだほおがとても愛らしく、その無邪気な笑顔を見ているだけで癒される。

抱きしめると、折れそうなほど細く、五歳児用のマトリョーシカ柄のパジャマがぶかぶかだ。クリーム色のカーディガンの袖もたくさん余っている。

オメガだけど、ミーニャが子供を産むことはないだろう。

出産できるだけの体力もないだろうし、そもそも二十歳まで生きられるかどうかさえわからないのだから。

「はい、これ、お土産《みやげ》」

ミーニャが欲しがっていたスコティッシュフォールドの等身大のぬいぐるみと彼の大好きなミニケーキを買ってきた。

最近、テレビアニメで大ヒットしたため、ロシアではそれと同じタイプの猫のぬいぐるみが大人気なのだ。

ミーニャはアレルギーがあるため、本当の動物には触れられない。なので、ずっとスコティッシュフォールドのぬいぐるみを探していたが、売り切れが多くてなかなか見つけられなかった。

今日、試験会場の近くの駅にあった『ピック』という若者向けのショッピングモールで発見し、ようやく手に入れることができたのだ。

ぬいぐるみはくりくりとした目がミーニャとよく似ている。

妙にリアルで、もふもふとした毛並みや肉球の触り心地がとても気持ちいい。今、子供たちの間で大人気なのだ。

「うれしい、ミーニャ、ずっと欲しかったの」

かわいいふわふわのぬいぐるみを抱きしめ、ミーニャはそのほおにキスをした。

「名前はね、ネーカちゃんがいいな」

「ネーカ?」

「うん、最近ね、日本のアニメで見たの。猫は『ネコ』っていうんだって。だから、ネーカちゃん」

「そうなんだ、かわいい響きだね」

スコティッシュフォールドは日本の猫ではなかった気がするが、まあいいだろう。

「ネーカちゃん、うれしいなあ、ミニケーキもおいしいね」

熊の形をしたフィナンシェである。頭の部分にカシスクリームのジャム、お腹の部分にショコラクリームが入っていて、口の中で絶妙に溶け合ってとてもおいしいのだ。

カシスショコラは、母を思い出す。

子供のとき、よく作ってくれたカシスショコラケーキが大好きだった。

母の故郷で採れるカシスは世界一おいしいらしく、そこから取り寄せて、おいしいムースケーキを食べさせてくれた。

でも父がくるときは、二人でカシスショコラのホットリキュールを飲んでいた。

『ルスランも大人になったら、愛するひとと飲んでね』

特製のレシピを書いたメモをもらった。

この国では子供でも軽い酒を飲む。だが、これを飲むのはいつか恋人ができたら。そう、大人になったら作って飲みたいと思っていた。

だから今もまだ飲んではいない。

この熊のミニケーキとはまったく異質だが、それなのにカシスショコラを見るたび、両親がホットカクテルを飲んでいた時間を思い出す。

父は無理やり母を愛人にしたようだが、それでも『愛するひと』と言っていたことを考えると、母は相手をしているうちにいつしか父に情が移っていたのだろう。

でもおそらく本気で愛したのは、このミーニャの父親だろう。だから命がけでミーニャを誕生させたのだ。それが誰なのかわからないままだけれど。

「熊ちゃん、ごめんね」

そう言いながらも、幸せそうに食べている。ミーニャの屈託のない笑顔を見ていると、胸が痛くなって泣きたくなってしまう。

当たり前のように笑って、かわいいものの話をして、大好きな菓子を食べて、それなのにこの時間は永遠ではない。

やがて、消えてしまうのか。母がそうだったように。

残ったのはこの小さくて愛らしい異父弟……。

同じ弟でも、異母弟のアダムとは気持ちが違う。

この子のほうがずっと愛しいと思ってしまうのは母が命がけでこの世に誕生させた存在だからだ。

政府高官の父の愛人だったオメガの母シューラ。

貧しい地方の出で、オメガ専用の学院に入る全国試験も受けられなかったらしい。それでも容姿が際立って美しくダンスが得意だったのもあり、サンクトペテルブルクの中堅バレエ団に入り、民族舞踊担当のダンサーをしていたようだ。

普段は地方や国外をまわり、サンクトペテルブルク一のマリインスキーバレエ団が夏休みを取る八月だけ、観光客用にその舞台を使う、小さなバレエ団だった。

だが、そのとき、スポンサーだった父に気に入られ、愛人として囲われるようになったとか。

国家が主催するエリートアルファとエリートオメガとの見合いの場ではなく、父が母を見初めるという形でのつがいの契約をした。

父の正妻のナターシャは、なかなか子供ができなかったため、父が子孫のためにと何人もオメガの愛人を持つことを仕方なく容認していたようだ。

だが、見合いの枠を超えた場所で選んだ相手ということで、母のことだけは許せなかったらしい。

その上、母がルスランを妊娠してすぐにナターシャも妊娠し、そこからは異様な嫌がらせが始まったとか。

ルスランはアルファだったため、初等教育を受けるようになってからずっと寮生活で、母とは一緒に暮らしてはいない。

それでも夏休みや冬休みは一緒に過ごした。

十年ほど愛人として囲われていたが、母が二人目を妊娠する気配がなかったため、追い出されることになった。

その後、母はオメガ専門の男娼館で働いていた。子供ができないオメガ専門の。

しかしそこで初恋の相手と再会し、つがいになったらしく、子供ができた。

それがミーニャだ。初恋の相手が誰なのかは聞いていない。母はその相手に子供ができたことは伝えていないらしい。

そしてミーニャを出産したあと、母はすぐに亡くなった。

どれほどショックだったことか。

ナターシャが嫌悪していたのもあり、ルスランはなかなか自由に母に会いに行くこともできなかった。

ナターシャはルスランのことも気に入っていない。だが、いざというとき、息子のアダムの盾になる存在として利用価値があると思って仕方なく受け入れている。

母からはずっと言われていた。

『ナターシャには逆らったらダメだからね。お父さまよりも権力があるんだから。大統領の縁戚で、実家は鉄鋼王だ。政治面でも経済面でもこの国を支配している。逆らったら殺されてしまう。おまえはアダムを支える存在として、おとなしく賢明に過ごしていれば悪いようにはされないから。だから常に目立たず、一生、アダムの影として生きてほしい。それがおまえの唯一の生きる道だから』

それが口癖だった。

――では、なぜぼくを生んだのですか。ではなぜぼくはこの世にいるのですか。一生、影として生きるなんて、生きる意味があるのですか。

ずっと抱えていた疑問を口にしたことはない。

はかなげで優しかった母を哀しませたくなかったからだ。母が大好きだったから、少しでも喜んでもらいたくて、少しでも幸せに感じてもらいたくて、ずっとずっとアダムの影として生きることに耐えてきた。

『ルスラン、すごいね、お父さまが褒めていたよ。おまえは、本当に優秀なアルファだって。将来、ずっとアダムのそばに置いておきたいって言ってくれてるよ』

アダムのために？　それがぼくの幸せ？　ぼくはそんな人生なんて欲しくない。アルファになんか生まれなくてもよかったんだよ。

『ありがとう、ルスラン。おまえが優秀だから、お父さまは、オメガの愛人のなかでも私を一番大事にしてくれている。うれしいよ、ほかのオメガは、みんな、子供ができても、すぐに捨てられているのに、私だけ、ずっと愛人のまま囲ってくれているんだ。私はとっても幸せだよ』

そんなことが幸せなの？　アダムよりもずっと成績もいいんだよ、ぼくは。それなのに、ずっと彼の影にならないといけないんだよ。とっても辛いんだよ。悔しいんだよ。でも、ぼくが我慢したら、お母さんは幸せなんだよね？

それなら心を殺して生きていくよ。お母さんが大好きだから。大切にしたいから。この生活を守るために。

そう決意して、どんなことにも耐えようと思ってきた。

それなのに逝ってしまった。ミーニャを出産したあと、寝こむようになり、そのまま起きあがることなく、あっけなく。

『私はもうダメだと思う。ルスラン、ミーニャをたのんだよ。アルファでもオメガでも幸せな人生を歩ませたいから』

母はずっとそう言っていた。

ミーニャがアルファなのかオメガなのか、性別検査の結果を知る前に、眠るように逝ってしまった。

ひどいよ、お母さんのためにがんばってきたのに……と、目の前が真っ暗になっていたそのとき、生まれたばかりのミーニャも高熱を出して危篤状態に陥ってしまった。

お母さんだけでなく、ミーニャも逝ってしまったら。

ぼくはひとりぼっちになってしまう。がんばる意味がなくなる。何のために生きていけばいいのかわからなくなる。

母のために耐えてきた。母がいなくなったら一人で生きていこうと思っていたが、まだ十代半ばのルスランが幼い異父弟を育てるのは不可能だった。母のときよりもはるかに困難な問題を背負わなければならなくなったのだ。

母も丈夫ではなかったが、ミーニャはさらに身体が弱く、極端に免疫力が低いため、病院の外に出て、ウイルスや細菌に感染すると命の危機に陥る。しっかりと整った医療施設に入院させ、体力をつけたあと、骨髄や臓器の多くの移植手術をしなければ、数年も生きられない——と言われた。

そして未成年のルスランには保護者になる資格はないとして、ミーニャを医療費無料の国立の児童養護施設附属病院にあずけるようにと指示されたのだ。

それはすなわち、ミーニャの死を意味していた。高額の医療費、特別な治療をほどこさなければ、ミーニャは死んでしまう。

『いやです、ぼくが育てます』

父に必死に医療費の援助をたのんだが、ダメだった。

そのとき、アダムが母親のナターシャにたのんでくれたのだ。ルスランの異父弟の治療費を出してほしい、と。

(そう、その代わり苦手科目の試験を替え玉で受けトップを保ち、学院内で彼の命令に従い続けるという条件で。これまでは清掃や慈善活動といった、成績にじかに関係のない雑事を代わりにしていたが、ついには試験に関してまで)

そのころから、アダムは成績が下がり始めていたのだ。だが、リンスキー士官学院の特進クラスのトップという立場から落ちたくはなかったのだろう。

ルスランは一も二もなく引き受けた。

(これは復讐《ふくしゅう》だ。お母さんを捨てた父への)

アダムが替え玉としてルスランに試験を受けさせている間に、どんどん二人の実力に差が出てくる。

論文もそうだ。それを書くことによって、知識もつくし、考えるということの大切さを自覚する。

本当に大事なのは、成績ではない。どれだけその学問を身につけたか、どれだけ自分の頭で考えたかだ、と思う。

だからこれは復讐だ。不正でトップをとること――つまり楽をして得をするようなことをしているうちに、アダムが中身の伴わない人間になってしまうのは目に見えているのだから。

（愛しいミーニャ……お母さんの忘れ形見。ぼくのたった一人の、本当の家族はミーニャだけだ。この子のために生きていこう）

人はいつかいなくなる。それがこの世の常だというのはわかっている。でもあらがえるかぎりあらがいたかった。

なにもかもが永遠に続きはしない。すべてに終わりがあり、時間の経過とともに、なにもかもが無になってしまう。

だからこそこの生活が少しでも長く続くことを祈らずにいられないのだ。

「そーだ、お兄ちゃん、今日、コンサートがあるの。いっしょに行きたいな」

ちょうど午後から夕方まで多目的ホールでコンサートがあるらしい。アダムが迎えに来る時刻を考えるとちょうど聴きにいける時間帯だ。

「ああ、そうなんだ、いいね」

手をつなぎ、ミーニャと一緒に同じフロアの奥にある多目的ホールへとむかう。

小さな室内楽サロンのような多目的ホールに行くと、すでにコンサートが始まっていた。

壁に貼られたプログラムによると、最初に民族舞踊があり、次にバレエ、それからクラシックコンサート、アンコールは子供たちのリクエストから。

ちょうどステージでは、カリンカの合唱に乗って、民族衣装をつけた男女が楽しそうにコサックダンスを踊っていた。

入院中の子供たちが楽しそうに拍手をしている。

次は、バレエ団の若いダンサーたちが『白鳥の湖』の「四羽の白鳥の踊り」と『くるみ割り人形』の「花のワルツ」を踊るらしい。

続いて、室内楽がクラシック音楽を演奏し始めた。

サンサーンスの「序奏とロンドカプリチオーソ」だ。

「ミーニャ、この音楽大好き、すっごく好き」

スコティッシュフォールドのネーカちゃんを抱っこしながら、ミーニャがうれしそうに笑っている。

そういえば、母もサンサーンスが好きだった。フランスのダンサーと恋をした話をしてくれたことがあった。

『もうそのときは、お父さんのつがいになっていたから、ただ一緒に踊ることしかできなかったけど。これは思い出の曲なんだ。お父さんからつがいを解消されたあと、再会して彼の伴侶になったけど、フランスについていけないと言ったら、捨てられてね。そのあと、ミーニャがいることがわかったんだ。今でも好きなんだ、彼だけだ、本当に好きなのは』

そう言って動画を見せてくれたこともあった。それがこの曲だ。なつかしい、それでいて優しい旋律に涙が出そうになる。

舞台には二つのヴァイオリン、チェロ、アコーディオン、それから奥に小さな木製のグランドピアノが置かれていた。

有名なヴァイオリニストがゲストらしく、壁にポスターが貼られている。たしかに狂おしく切ない旋律を綺麗に響かせている。

すごいな、とても素敵だ……と思いながらも、それに負けない綺麗な音色のピアノの伴奏が気になった。

繊細で美しい音だ。こんなにきらきらとした音を聴いたのは初めてだ。雪解けの大地にそそがれる太陽、それを反射する光の煌めきのように美しい。

どんなピアニストだろうと思って、ピアノに視線をむけた瞬間、ルスランは驚きに目をみはった。

「え……」

さらりとした金髪が目のあたりにかかっているが、その端麗な横顔にははっきりと見覚えがあった。

綺麗な目元、アイスブルーの瞳もとても美しい。くっきりとした鼻梁《びりよう》、精緻な磁器人形を思わせる完璧な美貌に、自分と同じリンスキー士官学院の制服を身につけた男がそこでピアノを演奏していた。

そこにいたのは、先日、ルスランの学院に編入してきたレーリクという同級生だった。同じ一般の生徒なので顔だけはよく知っている。

「……どうして……彼が」

制服といってもマントと上着を椅子にかけ、白いシャツに、少しけだるげにタイをゆるめ、着崩したスタイルでピアノを演奏している。

こんなに綺麗な音を耳にするのは初めてだ。

きらきらと音が煌めいている。陽《ひ》の光の煌めきのようだったり、夜空に散りばめられた星々の輝きのようだったり。その音を聴いているだけで、はかなく静かな愛しさが胸に広がっていく。

「レーリク……」

なぜ、同じ学院の転入生がこんなところでピアノを。

(たしかにピアノの授業での彼の演奏は群を抜いていたけど)

編入してきたばかりなので、彼と話したことはまだ一度もないと思う。

学年の途中の、中途半端な時期にどうして編入してきたのかはわからない。しかも特別なエリートばかりが集まるルスランの学院に。

あまりにもめずらしくて、少しの間、学院内は大騒ぎだった。

海外に留学していてもどってきたとか、犯罪を犯して矯正施設に入っていたとか、暴力事件で退学になったとか、オメガを妊娠させてしまったなど、いろいろとネガティブな噂ばかりが流れている。

編入試験は全科目満点だったという明晰《めいせき》な頭脳の持ち主だというのに。

ただ、編入生なので、次の試験までは特進クラスには入れなかっただけだ。

編入してきた当初は、その容姿、それにフィギュアスケートの授業でいきなり見事なアイスダンスを披露したり、ピアノの授業でリストの超絶技巧練習曲を軽々とこなしたりしてさらに注目を集めた。

最終学年のクラス替えで特進クラスになり、成績優秀者として、生徒代表に選ばれるだろうともいわれている。

あまりの風格にモスクワ大公の遠い子孫だとかロマノフ家の遠縁の子孫だとか、いろんな噂が広まり、彼の取り巻きになろうとする生徒がたくさんいた。

けれど彼自身は誰かと特別親しくなることもなく、飄々《ひょうひょう》とした様子で他の生徒と距離を置こうとしているように感じられ、やがて悪い噂だけが残り、今では完全に浮いた存在だ。

そんな彼がどうしてここでピアノを弾いているのかわけがわからない。

（さっきまで一緒の試験会場にいた気がするけど……どうしてこんなところに）

呆然《ぼうぜん》としているうちに音楽が終わり、拍手喝采が起こったあと、アンコールタイムになった。

司会のアナウンスによると、子供たちのリクエストに応える時間らしい。

「わーい、ミーニャ、リクエストする。ピアノのお兄ちゃんのあの曲、聴きたい」

ミーニャが手をあげると、レーリクがこちらにちらりと視線をむけ、ミーニャに自分のところに来るように手招いた。

「ステージにおいで」

「お兄ちゃん、行こ」

「あ、ああ」

どうしよう……と思いながらも、ルスランはミーニャの手をとってレーリクのいるステージにむかった。

「リクエストは？」

ちらりとルスランをいちべつしたあと、彼はミーニャに問いかけた。

「リクエストもなにも……きみはどうしてこんなところで」

「きみに訊いているんじゃない。ミーニャくんに訊いているんだ。ミーニャくん、なにか聴きたい音楽はないか?」

ミーニャの名前を知っている。ということは、これまでもここで?

「わーい、じゃあ、あの曲がいいな」

「どれ? どの曲?」

レーリクが目を細め、ミーニャにほほえみかける。ルスランは驚いて目をみはった。美しく透明な、ひだまりのような笑みだった。

ミーニャもふわっと幸せそうな笑顔になる。

「ええっと、あれ、あれがいいな。『雪割草のアダージオ』……ミーニャ大好きなの」

そんな曲、あっただろうか。

「ああ、いいよ。じゃあ、これは、おれのソロでやるから」

レーリクは他のメンバーに言うと、ピアノを奏で始めた。

優美で血が騒ぐような旋律だった。

聴いたことがあるが、タイトルに聞き覚えはない。それでも不思議なほど美しい音色に、ルスランは思わず耳を傾けた。

なんだろう、心がざわざわする。

彼の長い指は何て優雅に鍵盤に触れるのだろう。

そして何て美しい音を響かせるのだろう。

さっきもそうだったが、ソロのピアノになるとよけいにきわだって聴こえる。

音の一粒一粒がキラキラとしていて、光のスペクトルのようだ。

煌めいているだけではない。

とても優しくてやわらかい。ふわっとこちらを美しい光の膜で包みこんでくれるような気がする。それなのにその旋律自体はとても切ない。

（レーリク……こんなピアノを演奏するなんて）

音楽は人をあらわすと思う。もちろん、音楽だけでなく、絵や踊りも。

学院での彼は、クールで斜にかまえているように見えるけれど、きっと彼の本質はとても優しくて綺麗なのだろう。

子供のリクエストに、あんなに素敵な笑顔で応える姿も含めて。

そして気づいた。

光が強いと、彼の眸が紫色に見えることに。

雪割草と同じ色で、とても素敵だ。

音楽を聴いているうちに、窓の外がいつしか夕闇に包まれていた。

北のヴェニスと言われる古都サンクトペテルブルク。

いつもはすすけたように感じられるロシア正教会のドーム型の屋根の数々がこのときだけは丸いシルエットとなって、夕空をたゆたうようなピアノの旋律と溶けあって美しく見える。

曲が終わると、ホールのあちこちで拍手が湧いた。

「今の曲は……」

「ラフマニノフの交響曲だ。第二番三楽章」

「なのに、雪割草？」

「そう、最近、人気のミュージカルで使われたんだ。『森は生きている』のクライマックスに、ピアノだけで演奏されるんだ」

ミーニャの好きなミュージカルだ。この前、ブルーレイをプレゼントした。だがルスラン自身は観たことはない。

「主人公の少女が雪の中で雪割草を見つけるシーンで使用される音楽だ」

ああ、そうか。カタルシスを感じる場面で使用されているのか。わかる気がする。身体の内側が綺麗になるような音楽だった。

「あ、でもスノードロップ——待雪草じゃなくて、雪割草でいいの？」

「二つ説がある。どちらも雪のなかで咲く花だから」

「そういえば……」

「原作の本文に近いのは雪割草だと思う。茎に毛が生え、雪のなかで水晶のように咲く花と書かれている」

「そうなんだ」

子供のころに読んだことはあるが、そこまでくわしく覚えていない。

「だからこの国のミュージカルでは、紫色の雪割草が使われているんだ。紫色の濃い外側の花に、淡いブルーバイオレットの花弁が重なり、さらにベビーピンクの花びらが重なって、中央の白い花芯を黄色の花びらが包む」

それはとても華やかだ。たしかに絵的に美しいし、舞台映えもするだろう。

「この曲って、よくドラマやバレエにも使われるね。この前観たバレエの『カラマーゾフの兄弟』のクライマックスでも使われていた」

「ああ、あそこか。最後に兄弟が絆を深くし、長男が放蕩《ほうとう》の人生から、自らの原罪に目覚めて冤罪《えんざい》を受け入れる決意をするところ」

「そうだけど……あのバレエ、レーリクも観たの？」

「きみこそ」

「うん」

母が好きだったからとつけ加えようとしてやめた。まだそこまでの親しい関係ではないからだ。

こうして話をしたのは初めてだし、相手がよくわからないまま深入りするのは、弱肉強食のこの国ではとても危険なことだ。

「さて……と、ではお代を」

彼はそう言うと、軍帽を裏返して突きだしてきた。

「え……」

お金を払うのか？

すると、ミーニャがにっこりと笑って、パッケージをかぶっていない熊のミニケーキをポンとそこに置いた。

「はい、これ、お礼」

「ありがとう」

レーリクは目を細めてミーニャにほほえみかけた。

さっきもそうだが、やっぱりとてもあたたかい笑顔だ。吸いこまれるように目を見ひらいているルスランの前で、レーリクはミーニャが抱いている猫のぬいぐるみの頭をポンと叩いた。

「ミーニャくん、これ、どうしたんだ？　先週、欲しいと言ってたから、おれも持ってきたのに」

「え……」

「センナヤ広場のショッピングモールにあったんだ。だから買ってきた。せっかくだし、もらってくれ」

目をパチクリさせるミーニャに、レーリクは同じスコティッシュフォールドのぬいぐるみを渡した。

「わあ、わあ、すごい。お兄ちゃんがくれたネーカちゃんと同じだ。あ、でもちょっと違うね」

ルスランがプレゼントしたのは、ふわふわとしたロシア帽をかぶり、同じ青色のリボンを首に巻いているが、こちらのぬいぐるみは、国旗柄のシャツを着て、赤い色の大きな鈴をつけている。

「お友達にしてくれるか？」

「わあっ、うれしい。ネーカちゃんのお友達。じゃあ、この子は、ハチコちゃん。映画に出てきた名前だから」

ああ、大人気の『ハチ公』という映画の犬の名前だ。ミーニャはあの映画が大好きだ。だけど、あれは犬の映画だったはず……と思ったが、まあ、いいだろう。

ミーニャは幸せそうに二体のぬいぐるみを抱きしめた。そのミーニャのふわふわとした髪をレーリクが撫でる。

「ところで、ミーニャくん、あの本、読んだ？」

「うん、読んだよ」

「本て？」

ルスランは首をかしげた。

「ピアノのお兄ちゃん、ミーニャに絵本くれたんだ。あのミュージカルの絵本」

ルスランはハッとした。

「もしかして、あの『森は生きている』という絵本はまさか」

「そう、おれからの」

レーリクはちょっと自慢げに笑った。

知らなかった。そんなことをしてくれていたなんて。

「ありがとう。それであの、どうして」

ここできみがピアノの演奏を……と訊こうとしたそのとき、ルスランのスマートフォンが鳴った。

「―――っ！」

あと五分でアダムの乗った車が門に着くとのことだった。

まずい、もう四時前だ。遅れると彼の機嫌が悪くなる。

「ごめん、ミーニャ。お兄ちゃん、学院にもどる時間だ」

ルスランは手にかけていたマントをはおった。

「ええっ、もう？」

ミーニャが瞳を潤ませる。

「……ごめん、車が門の前にくるんだ」

「……」

唇を嚙み締め、必死に涙をこらえている弟の姿に心が痛む。身が引き裂かれそうだ。本当はずっとここにいたい。ミーニャが満足するまでそばにいたい。

それにレーリクともっと話がしたい。これまでミーニャとどんな話をしたのか、どういうつきあいをしてきたのか知りたい。

（だけどダメだ、一分でも遅れるわけにはいかない）

どうしてもこれだけは優先させないと。アダムは父の秘書から大切な話があると言っていた。

「ごめんね、ミーニャ」

今にも泣きだしそうなミーニャの肩を横からレーリクがポンと叩く。

「わかった、ミーニャくんのことはおれが。おちつくまでそばにいる。ルスラン、だからきみは早く門に」

「ありがとう、ごめん、助かる。また学院で」

こんなことで他人をたよりたくはなかったが、背に腹はかえられない。

「ルスラン、学院では今まで通りに」

背を向けたルスランをレーリクが後ろから呼び止める。

「え……」

「ここでのこと……知られたくない。教師にも」

少し気まずそうにレーリクが口ごもる。なにか事情があるのだろう。ルスランは「うん、わかった」とうなずいた。

「あ、そうだ、これ、おれのSNSの番号。用があるときはここに。ただし誤解を招くような内容は送らないでくれ」

この国では自由にメッセージを送り合うこともできない。いつ、誰に監視されているかわからないのだ。

「わかった、登録しておく。あとでぼくからも送るから」

ルスランは肩にマントをかけ直した。

「さあ、ミーニャくん、お兄ちゃんにちゃんとバイバイして。笑顔で。お兄ちゃんがまたミーニャくんに会いたいって思えるような笑顔で」

レーリクが優しくささやいて、ミーニャの肩に手をかける。

「うん、わかった。お兄ちゃん、ネーカちゃんとミニケーキ、すっごくうれしかったよ。ありがとう、またきてね」

ルスランのマントの裾をミーニャがくいくいっと引っ張る。

「うん、必ずくるよ」

「いつ？」

「来週末、またミニケーキを持ってくる。ネーカちゃんとハチコちゃんのおそろいのリボンも」

「わーい、ありがとう」

「いい子でね」

ルスランはミーニャに別れのキスをすると、急いで門に向かった。

（レーリク……。初めて話したけど、学院にいるときよりもずっと気さくだった。それにとても優しい）

彼があんなふうに言ってくれたから、ミーニャには泣き顔ではなく、笑顔で見送ってもらえた。

レーリクは冷たそうに見えるけど、実際はそうではないのがわかった。

学院でのレーリクは偽物なのだ。病院でボランティアとしてピアノを弾いているなんて生徒たちは誰も知らない。

なぜ、ここでのことを知られたくないのだろう。なぜ、ここにいるときのような笑顔を学院では見せないのだろう。

彼が口にしないかぎり、その理由を知ろうとは思わないけれど。

（それに……すごく驚いた、ミーニャがあそこまでなついていたなんて）

ミーニャは愛らしい性格をしているが、決して人なつこいほうではない。

それがあんなにも楽しそうに、あんなにも明るい顔を彼にむけるなんて。その上、いつもよりずっと元気だった。

このままずっと元気でいてくれるのでは……と勘違いしてしまいそうなほど。

「……では、ルスランくん、頼んだよ」

病院からの帰り道、父の秘書から、今後も援助をする代わりに、ルスランはアダムと同じ大学に進学し、生涯支えていくように——という父とナターシャからの伝言を伝えられた。

「いずれ、おれは軍の幹部になる。おまえは、おれの秘書兼護衛にするつもりだ。全力でおれを支えろ」

アダムはリアシートにゆったりと座り、隣に座ったルスランに冷たく命令してきた。

「はい」

「大学は、このまま陸軍士官大学に進学する予定だ」

「はい」

「おれへの恩を忘れるな。許可なくオメガをつがいにするのも許さない。こちらがしかるべき相手を紹介する」

「しかるべき相手?」

ルスランは小首をかしげた。

「そう、おれの役に立つ関係者から、おまえにふさわしい相手を探してやる。おれは、母の親族のアルファ女性と婚約が決まっているが、いずれはエリートオメガをつがいにするつもりだ。父さんのように恋愛感情で選んだりはしない」

父さんのよう……それはルスランの母のことを指しているのだろう。

「どれほどの美人でも身体の弱いオメガなんて選ぶ価値はない。健康で、知性があって、美しく、そしてエリートオメガ学院出身。それこそが大事だ」

「……」

本気でそう思っているのだとしたら、アダムはとても可哀想《かわいそう》な人間だと思った。

愛よりも権威、愛よりも体面……。

父はまだ自分から母を好きになっただけ、幸せなのかもしれない。

しかしナターシャもアダムも愛を最初から否定している。それでは生涯、誰からも愛されることはないのに。

(ぼくはまだミーニャを愛しているぶん、幸せだ)

そう思うことが今のルスランの支えになっていた。

彼らに隷従しなければならない自分はとてもみじめだ。だが、愛を知っているだけ人間としてとても幸せなのだと、何度も己に言い聞かせている。

(せめてもの抵抗……みたいなものだけど)

ルスランは窓の外に視線をむけた。

すでに暗い。どんどんサンクトペテルブルクの市街地の灯が遠ざかっている。

今日は昨日よりも月が綺麗だ。レーリクのピアノは、あの月のようにクリアでとてもまばゆい音に感じられた。

だから澄んで見えるのか。それとも今夜はどういうわけか、そのまわりをいつになくまばゆく星がまたたいているせいだろうか。

闇の色がふだんと違って感じられる。まだ春は先なのに。それなのにもうすぐそばまできているような気配がする。

そんなことを感じながら、ルスランは流れる外の風景をぼんやりと見つめていた。

3　ミーニャとの約束

サンクトペテルブルクから南下した市の郊外にリンスキー士官学院がある。

まわりには豊かな白樺《しらかば》の森と広大なジャガイモやライ麦の畑が広がっている、のどかな田園地帯だ。

四月になってもまだうっすらと雪が残り、なかなか春が訪れようとしない。

ミーニャの病院でレーリクと話をするようになって一カ月が過ぎた。

あれから、毎週、病院で会っていた。

レーリクはボランティアという形できているので、ふだんはコンサートをしたり、子供にピアノを教えたりしている。

そのあと、ミーニャの病室で、三人で他愛ないおしゃべりをするという感じではあったけれど、毎週、それが楽しみになってきていた。

「すごいね、ボランティアに参加するなんて」

「別に慈善的な気持ちからじゃない。ボランティアだと土日に実家に帰らなくても外泊の許可が取れる。ついでに人にも喜ばれる。一石二鳥だろ?」

「あ、それが理由なんだ」

そうだった、土日、外泊するのはいいのだが、自宅以外の場合、どういう理由で、どういう目的で外泊するのか提出しなければならない。

確認されることはめったにないのだが、万が一、虚偽の申請をすると、成績のマイナスポイントになってしまう。

ルスランは、弟の見舞いという形で外泊許可を取っている。病院の近くのホテルに宿泊することも許可されている。

レーリクは週末のコンサートがないときも、ボランティアを名目にして外泊許可を取り、ミーニャの見舞いに顔を出してくれることがあった。

ミーニャはすぐに疲れてしまうので、見舞いは短めにと言われていたが、検査で長く不在のこともあり、そういうときは、何時間も二人でそこで論文を書いたり、勉強をしたりして過ごした。

「実家には帰らないの?」

「特に用もないし」

レーリクは自分のことはあまり口にしない。アルファなので、裕福な家の子弟であることには違いないのだが。

「きみだって帰省しないじゃないか」

「たしかにそうだね」

小さな子供部屋には、ベッドとテーブルと冷蔵庫とテレビ、それからテラスになった窓辺に小さな簡易ソファがある。

いつもそこに二人で並んで座って話をした。

「ところで月曜に提出の論文、もうやった？」

「ああ、文学の？　やったよ」

「きみ、誰の作品を？」

「ドストエフスキーの作品にしたよ。教師受けがいいから」

今回は、十九世紀のロシア文学から一作選んで、それに対して五分間ほどで朗読できる論文を提出することになっていた。チェーホフ、トルストイ、ドストエフスキー、ゴーゴリ、ツルゲーネフのなかから一作だ。

生徒たちは論文が苦手なので、たいてい短編を選ぶ。特に人気のある『桜の園』『初恋』が多い。

あとは、本は読まずにミュージカルや映画を観て『アンナカレーニナ』か『戦争と平和』あたりを選ぶ。

だが、ドストエフスキーの長編が教授からいい判定をもらいやすいのもあり、アダムのために『罪と罰』を選び、自分用には短編の『白夜』を選択した。

レーリクはルスランのカバンに『罪と罰』のペーパーバックを発見し、ふっと笑った。

「同じ論文だ。おれも『罪と罰』にした」

しまった……カバンに入れたままにしていた。

あわててルスランは否定した。アダムの不正を手伝っていることがバレてしまう。

「そうなんだ、でも残念ながら、ぼくは『白夜』にしたんだ。短いほうが簡単だから」

ルスランは作り笑いを浮かべた。

「なのに、こんなに読みこんでいるんだ」

レーリクはルスランのカバンから、ひょいと本を取りだした。

「すごい、たくさんチェックが入ってる」

感心した様子で、レーリクはぱらぱらと本をめくった。

提出する論文用にとあちこち付箋を貼り、書きこみのメモもはさんでいた。マーカーで印をつけてある箇所も多い。

「返してくれ、恥ずかしいから。じ……実は、論文に挑戦しようかなと思っていろいろチェックしたんだ。けど、むずかしかったからやめた」

言いわけをしながら、カバンに本を片づけたルスランをレーリクがじっと見つめる。なにか不審に思われたかもしれないと不安になったが、案の定、疑問を口にしてきた。

「それは賢明だ……と言いたいところだが、クラス分けに影響する大切な論文のひとつなのに、きみのような優等生がわざわざ評価されにくいものを選ぶなんて……意外だな。しかもそこまで細かく分析しているのに」

たしかにそう見えるだろう。だが、ここはごまかさないと。

「いいんだ、途中まで読んだけど、長いし、理解できないし……結局、リタイアした。ぼくにはよくわからない話だったよ」

「そうなの？　あ、でもさ、途中まで読んでいるならちょっとアドバイスしてほしいんだ、ここなんだけど」

レーリクは『罪と罰』のクライマックスシーンの解釈について尋ねてきた。

この物語の主人公が、センナヤ広場というところの十字路に立ち、大地にくちづけする場面をどうとらえたらいいかという質問だった。

「そこって……一番むずかしい場所じゃないか」

主人公は、『ひとつの罪悪は、百の善行によって償われる』という思想の持ち主だった。強欲な金貸しの老婆を殺し、その財産を孤児院に寄付して有効利用すべきだと考えていたが、誤って、老婆だけでなく、目撃者の妹——善良な女性まで殺してしまう。

この話は、そこから彼が罪悪感に苦しみ、追い詰められていく様子がみじめなほど赤裸々に描かれている。

大地にキスをするシーンは、彼の罪と苦悩を告白された娼婦の女性に『あなたが穢《けが》した大地にキスして赦《ゆる》しを乞いなさい』と言われ、主人公が実行するシーンだ。アダムのための論文には、ここは主人公が自分の犯した罪を受け入れる覚悟をしたところだと記しておいたが。

「きみが大地にキスをするとしたらどういうとき？」

「わからないよ、そんな勇気はないと思う。その前に、ぼくが主人公なら自殺してしまう気がする。ただ、この作品の場合は、罪を受け入れるというよりは、罪から逃れられない苦悩に耐えきれず、葛藤して激しい後悔をいだき、反省し、赦しを求めているのじゃないかと思う」

多分、自分は、それ以前に誰かを殺すことなんてできない。たとえ相手がどんなに悪人だったとしても。

そしてもしそんなことをしてしまったら、今、言葉にしたように、自らその重荷に耐えきれなくて死を選ぶ気がする。

「そうだな、おれもそうだ、そんな勇気は持てないだろうな」

「きみも？」

きみなら、そもそも罪を犯すこともないだろう、と言いたかったが、それを口にすると話を中断する気がしたのでやめた。

「おれは弱いから」

「そうなの？」

とてもそうは見えない。しっかりしていて、ちゃんと内側に自分というものがあって、誰にも迎合しない強さがある気がするのに。

「だからきみの意見を聞きたかったんだ」

「そこはクライマックスシーンだろ。そんな厄介なところ、ぼくに質問しないでくれ。本当にわからないんだから」

「だからこそ、ここがネックだろう？　多分、主人公は罪を受け入れたと書くのが一番無難で、高校生らしいと思うけど」

「高校生らしい？」

「あんまり立派なことを書くと、教師たちから生意気だと思われそうで」

「そんな心配してるの？」

「変かな？」

「うん……あ、ううん、わかる気もする」

自分もそうだ。アダムの論文を「高校生らしく」仕上げた。そのほうが教師たちからいい評価をしてもらえる気がしたので。

「じゃあ、高校生らしくない解釈って？」

「……おれは……あれが気になったんだ。主人公の傲慢さ。大きな善の前には、小さな罪は仕方ない、許されると考えていた根本的な思想」

「うん……気になるね。それこそが『罪』だから」

「この大地にキスをするシーンは、それがくつがえされた瞬間じゃないかと解釈したんだ。殺人の罪への赦しではなく、殺人の根本となった考えこそ罪であると」

ルスランもそんなふうに感じた。

だが、アダムの論文にはそう書かなかった。

彼には絶対にその意味は理解できないと思ったからだ。

まだ高校生で何の苦労もなく、アルファ同士の子で、カースト最上位の彼に、その『罪』の輪郭が見えることはないと思う。

ましてやその罪の呵責《かしやく》にみじめなほど葛藤する人間の心に彼が気づくことができるなら、ルスランにしているような言動はとれないと思う。

だから、いかにもカースト最上位の「高校生らしい」感じのする無難な論文にした。ただ、それでも十分な評価をもらえると思うけれど。

「どうしたの、急にだまって」

レーリクに顔をのぞきこまれ、ルスランはごまかすように笑った。

「すごいね、ぼくはそこまで理解できなかった……と思って」

ルスランは冗談めかして言った。

「うそだ、きみ、その本の付箋にそう書いているじゃないか。同じ解釈だと思って、うれしくなったのに」

「それもあるかなと思ったけど、本当によくわからなかったんだ」

鋭い男だ。数秒ほどパラパラと本をめくっただけなのに、あんな後ろのほうの付箋への書きこみまで見ていたなんて。

「じゃあさ、別の質問。きみが自分は弱いなって思うときは？」

弱い……か。ルスランは首をかしげた。

「どうだろう……そんなのいつもだよ」

「いつも？　本当に？」

「うーん、じゃあ、救いが欲しいときかな」

「それってどんなとき？」

「どんなときって……」

ルスランは困惑した気持ちでレーリクを見つめた。

そんなに次々といろんなことを尋ねないでほしい。自分の内側をいろいろと暴かれそうで怖くなってくる。

視線が合うと、ふっとレーリクは意地の悪そうな笑みを浮かべた。

「答えられない？」

「特にどんなときなのかわからないんだ、自分がなにを望んでいるのか、どうしたいのかあまり考えたことがないので」

「じゃあ答えなくていい。代わりにおれを救ってくれ……と言ったら？」

上目づかいで、レーリクがすがるように見つめてくる。至近距離でまばたきもせず、じっと。

窓からの早春の陽射しが彼の横顔に刻む影やいつもより紫がかった眸の色が奇妙なほど艶めいて感じられ、まじめな話をしているのに、ルスランの心臓は不謹慎にもドキドキしている。

「おれを助けてくれ。きみだけなんだ、それができるのは」

助けてって……。

「……ぼくに……できることなら」

「ありがとう」

レーレクはカバンからミニケーキの袋を出して、ライオンの形をしたフィナンシェを取りだした。

「おれの悩みはこれなんだ」

「……？」

このケーキとどう関係あるのだろうと思ったとき、彼はふっと笑って丸いケーキの片側をルスランの口元に差し出してきた。

食べろ……という意味なのだろうか?

「あの……」

「これ、最近、人気のホイップハニーが二種入ったケーキだ。片方がカシスだが、どうも片方がオレンジのようなんだ」

ホイップハニーは、今、ロシアの若い子の間で大人気のスイーツだ。

蜂蜜をホイップ状にして、野苺やカシス、アマレットやピスタチオと混ぜてケーキやパンにはさんで食べる。

「オレンジだと困るの?」

「苦手なんだ。だから食べてみて、オレンジだったらそっちをもらってくれ。おれを救うと思って」

冗談めかして言われ、ルスランはくすっと笑った。

「ぼくが救うまでもない。そんなの、ふつうにそのケーキをパンッと二つに割ってたしかめたらいいじゃないか」

「情緒のない男だな。そうしたくないから言ってるのに。いいから、食べろよ」

すっと差しだされる。

情緒がないという言葉に、なぜか少しばかりムッとして、それなら食べてやろうじゃないかと、ルスランはうっすらと口をひらいた。食べることと情緒のどこにつながりがあるんだと頭のどこかでつっこみながらも。

すると、レーリクはライオンの形の頭の部分を入れようとしてきた。

「……っ」

噛み締めた瞬間、オレンジの果肉入りのホイップハニーだと気づき、それを伝えようとしたが、その瞬間、レーリクが胴体の部分にそのままかじりついてきた。

え……。

なにをしているんだろう、ぼくたちは……と思いながらも、たがいにフィナンシェの端と端を食べる形になり、まるでキスをしているようだ。

そう意識したとたん、鼓動が跳ねあがりそうになる。

このまま食べていいの？　キスしてしまうことになるよ……。

レーリクの長い睫毛が至近距離で揺れ、どうしていいかわからず、ルスランは硬直していた。顔の角度を変えてレーリクが口元を近づけてくる。

ホイップハニーとオレンジとバターが入りまじった濃密な甘酸っぱい味と香りとが口内にふわっと広がり、蕩けていく。それがレーリクとのキスの味のように感じられて、ほおが熱くなってきた。

遠くのほうから、うっすらと教会の鐘が聴こえてくる。その音楽のような響き、夕陽を浴びた金色の綺麗な睫毛、優しく口のなかに溶けていくホイップハニーのやわらかな甘さが麻薬のように心地いい。

「……っ」

うっとりと酔ったようにまぶたを閉じかけたその瞬間——。

ばんっと扉がひらき、「お兄ちゃんっ！」と検査を終えたミーニャが二体のぬいぐるみを抱いて部屋にもどってきた。

「————っ！」

頭から冷水を浴びたように一瞬で意識が現実にもどり、ルスランは反射的にレーリクから離れた。

なにをしようとしていたんだ。

今、一瞬、唇が触れたような気がしたけど。

口のなかに広がっていくオレンジの甘酸っぱい味になぜかドキドキする。目の下の皮膚がふるっと震え、熱でもあるかのようにほおが熱くなっている気がした。

「お兄ちゃん、ピアノのお兄ちゃん、ただいまですー。ネーカちゃんとハチコちゃんもただいまと言ってます」

ミーニャはうれしそうに二人の前に駆け寄ってきた。その明るい様子に、ほっとして、胸のドキドキも少しずつ治まってくる。

「あ、ミーニャくんにミニケーキを持ってきたよ。検査、がんばったんだね」

レーリクは全然意識していないようだ。いつも通り。彼は、ただ一緒に食べようとしただけなのだろう。

勝手にドキドキした自分がバカに思えてきた。そうだ、自分たちはアルファ同士なんだから、万が一にもそんなことが起こるわけがない。恋人のようなキスをするなんて。

「わあい、ミニケーキ大好き」

レーリクがケーキを出すと、ミーニャが二人にそれぞれネーカちゃんとハチコちゃんのぬいぐるみを持たせ、真ん中でパクパクと食べ始める。

「このミニケーキは、いちごジャムとコンデンスミルクのものもあるけど、ミーニャくんは、カシスジャムとショコラの組みあわせが好きなんだね。大人っぽいね」

レーリクが不思議そうに言う。ミーニャはちらっとルスランを見たあと、ふわっと笑顔を見せた。

「お兄ちゃんが教えてくれたの。カシスとショコラのケーキ、ママがよく作ってたって。ママがいなくてミーニャが泣いていると、お兄ちゃんがこのミニケーキをくれたの。ママのお菓子の味だよって」

「あ、でもお母さんが作っていたのは、本当はこのミニケーキじゃないんだ。カシスムー

スのショコラケーキだった。甘酸っぱくてほろ苦くて……ミーニャがもう少し大きくなったら今度はそれにしようね。そしてね、大人になったら、リキュールで割ったホットカシスショコラを飲むんだ。お母さんが大好きだったんだよ」

「では、ミーニャくんがもう少し甘酸っぱいものが平気になったら、カシスムースのショコラケーキはおれが作るよ、リキュールで割ったホットカシスショコラも。きみたちのママの代わりに」

レーリクの言葉に、「え……」とルスランは首をかしげた。

「きみが？」

眉をひそめるルスランに、レーリクは少し得意げに微笑した。

「そう、挑戦してみる」

「えっ、い、いいよ、無理にそんなこと」

「無理じゃない、してみたいんだ、ミーニャくんがもう少し大きくなったら」

「わあ、うれしい。ミーニャ、はやく大きくなる。ピアノのお兄ちゃんがママの代わりに作ってくれるんだ」

幸せそうな笑顔でミーニャがレーリクに飛びつく。ひょいと小さなミーニャの身体を抱きあげ、レーリクはそっとベッドに横たわらせた。

「それまで、いい子でいようね。たくさん食べて、たくさん眠って、大きくなって、ルスランと一緒に、三人で、ホットカシスショコラで酔おう」

レーリクはミーニャの両脇に、ネーカちゃんとハチコちゃんのぬいぐるみを置いた。

「うん、ミーニャ、がんばる。だからふたりにお願いがあるの」

ギュッと二体のぬいぐるみを抱きしめ、ミーニャがくりくりとしたつぶらな目で見あげてくる。

「今はね、ネーカちゃんがミーニャのパパで、ハチコちゃんがミーニャのママなの。でもホットカシスショコラを三人で飲むときは、ふたりがミーニャのパパとママになってくれる？」

え……。

ちらりと視線をむけると、レーリクもこちらをいちべつしてきた。

パパとママ……ということは、つまり。

「お願い、ミーニャのパパとママになって。あ、違う、ミーニャとネーカちゃんとハチコちゃんのパパとママに。結婚して」

「……」

結婚——レーリクと自分が？

あり得ないそんなこと、と思いながらも、なぜか胸の動悸《どうき》が激しくなり、ほおが熱くなってきた。鏡に映るルスランの顔はほんのりと赤くなっている。

「あ、あの……ミーニャ……ぼくとレーリクは……同じアルファで……」

だから結婚なんて無理なんだよ――と言いかけたルスランの背をレーリクがポンと軽く叩く。

「わかった。ミーニャくんがホットカシスショコラを飲める年になったら、おれとルスランがパパとママになる。だからちゃんと元気になるんだよ」

ミーニャの髪を撫でながら、諭すように言うレーリクに感化され、ルスランはうなずいた。

「うん、ミーニャのパパとママになるね」

いつまで生きられるかわからない異父弟……。このまま骨髄の移植手術をしなければ、あと一年か二年、持つか持たないかと言われている。アルコールの飲める年まで生きられる保証はないのだ。

「わーい、わーい。みんな、ミーニャの家族なんだね」

そうだ、これは希望の光だ、と思った。その年になるまでがんばろうと彼が思ってくれるための。

天使のように愛らしいこの子が本当の天使にならないようにするための。

「ありがとう、レーリク。あんなふうに約束してくれて」

面会時間が終わったあと、病室から出ると、廊下を歩きながらルスランは感謝の気持ちを伝えた。

「礼はいいよ」

「でも、架空の約束でも、夢のようなことでも、あの子に希望が――」

「架空じゃないから」

「え……」

見あげるとレーリクは真剣な表情で、壁に手を突いてルスランを見下ろしてきた。

「それで、味はどうだった？」

「味って？」

急にどうしたのだろう。パパとママがどうのという話をしていたのに。

「まあ、いい、自分でたしかめる」

レーリクはちらっと横目で周りに人がいないことを確認し、触れるか触れないかでルスランの唇に唇を近づけてきた。

「レーリ……っ」

驚きのあまり顔を背けたルスランから唇を離すと、レーリクがふっと微笑する。

「そうか、オレンジの味がしたのか」

さっきの続き。オレンジかどうか確かめたかっただけか。キスされたのかと思ったけど。

そんな勘違いをした自分が恥ずかしくなった。

「あ、ああ、オレンジだったよ。残念だったね」

ルスランはくすっと笑った。

「ああ」

「そんなに苦手なんだ、オレンジ」

「いや」

「えっ、でもさっき助けてって」

「ふつうに好きだよ、柑橘類《かんきつ》、もちろんカシスも好きだけど」

ポケットに手を突っこみ、レーリクがスタスタと廊下を進んでいく。こうして並んでみると、同じアルファなのに自分よりもずいぶん背が高いことに気づく。

「じゃあ、どうしてあんなこと」

振りむき、レーリクが肩をすくめて笑う。

「ごめん」

「え……」

「きみとキスしたかった。だから理由を作った」

わけがわからず、ルスランは足を止めて目をぱちくりさせた。

「怒った？」

「あ、いや……え……あ、べ、別に」

挨拶にもならないような、触れるか触れないかのものだし、怒ったりはしない。ただ、びっくりした。

「よかった、気を悪くしてなくて」

「あ、うん、しないよ、そんなことで」

ルスランは笑みを作った。

「そうだね、いいよね、あのくらいのキスをしたって。おれたちはミーニャくんのパパとママになるんだから、親愛をこめた軽いキスくらい当然だよね」

「え……」

「おれがお菓子を作るからママになるのかな？　どうせならパパがいいけど」

「あのさ……レーリク」

「じゃあ、帰りは別々で。また来週、ここで」

ルスランの肩に手をかけ、そっとほおにキスをすると、レーリクは手を振って地下鉄方面へとむかうトラムの駅へと足を進めた。

少し時間をずらして同じ駅へとむかう。

あたりはもう暗く、春先の冷たい夜風が吹くなか、どこからともなくロシア正教会の鐘の音が聞こえてくる。優しい音楽のようなその音を聴きながら、別のドアからトラムに乗りこむレーリクの姿を追った。

鐘の音にまじって、さっきのレーリクの言葉が頭をよぎる。

『きみとキスしたかった。だから理由を作った』

本気なのか冗談なのか。つかみどころがない。でも、思い出しただけで、じわっと胸の奥が熱くなった。

一瞬、レーリクの唇と触れた唇を、ルスランは無意識のうちに指でなぞっていた。

オレンジの甘酸っぱい味と香り。ホイップハニーの蕩けるような食感、そして彼の長い睫毛が鐘の音ともに次々とよみがえってくる。

だめだ、胸の鼓動が今ごろになって加速する。アルファ同士だぞ、ドキドキしてどうするんだ……と己に言い聞かせながら。

けれどこのとき、ルスランはもう恋に落ちてしまっていたのだ。


初春の風が古い建物の窓ガラスを軋《きし》ませるなか、朝礼のあと、一学年全員がホールに集められた。

初老の学院長が現れ、三月に行われた全国統一試験の結果と、その後、提出した文学の論文の結果を発表していく。

これによって、秋に始まる来学年——最終学年のクラスと生徒代表が決まってしまう。

緊張感に張りつめたホールで、生徒全員が院長の次の言葉をかたずを呑んで待っている。

「一位は、レーリク――レフ・ウラジミールヴィチ・シドレフ、ここへ」

一瞬、ホールがざわつく。

「全国統一試験、それから『罪と罰』の文学論文、双方ともきみが一位だ。我が校はじまって以来の成績だよ。さあ、こちらへ」

院長に呼ばれ、レーリクが壇上に進む。

(レーリクが一位……)

隣のクラスの中央に座っているアダムを見ると、彼の顔がひきつっている。

まずい、怒っている。どうしよう、試験も論文も負けてしまったとは。

アダムは激怒し、まずルスランになにかしらの制裁を加えてくるだろう。

今度こそオメガ役にされてしまう可能性がある。顔さえ見えないようにすれば、彼の自尊心は傷つかないのだから。

それから、レーリクに対しても。

おそらくどこかで待ち伏せをし、痛めつける可能性もある。

これまでもそうだった。昨年、文化芸術祭での美術論文で、一位をとった生徒がいたが、その後、アダムの取り巻きの手でひどい目に遭わされた。

オメガ役にされ、性奴隷にされてしまったのだ。あのとき、アダムは参加しなかったが、裏で生徒たちを動かしていたのは知っている。

その生徒が小柄で愛らしい容姿だったのも災いしたのだろうけれど、その後、自殺未遂を図り、うつと診断されて入院した。

(綺麗な容姿とはいえ、あれだけ長身のレーリクがそんな目に遭うことはない……とは思うけれど)

けれど何らかの嫌がらせはするだろう。

「レーリク、来学年は、一般クラスから特進クラスに移動だ。そして最終学年の代表生徒はきみで決まりだよ。ただし、制服はもう少しきっちりと着るように。髪も整えて」

「承知しました」

見慣れているせいで気にならなかったが、たしかにレーリクの髪はいつも適当だし、タイはゆるめに結び、上着もボタンを外して着崩している。最新のファッションモデルのような容姿のせいか、それが逆に少し退廃的な彼の美貌を引きたてているようにすら見えてしまう。

だが院長にうながされ、彼が髪を整え、かっちりと制服を着ると、それはそれで恐ろしいほどストイックで、ひときわ美しく、映画のなかから出てきたような風情になる。

「それでいい。では、二位の発表を。アダムだ。アダム・エフゲニーヴィチ・イワネンコ、きみも前へ。試験は僅差だった。論文は同じテーマの『罪と罰』だったが、こちらもいい内容だった」

　まばらな拍手のなか、席を立ち、アダムが壇上にむかう。

　三位までが表彰され、その後、成績順に名前が呼ばれ、上位二十五名が特進クラス、残りが一般クラス。名前が呼ばれなかった生徒は、成績が足りなかったとして他の学校に編入することになる。

「ありがとうございます」

　レーリクよりも少し小さめのリンスキー将軍勲章がアダムの胸につけられる。アダムがちらりと横を見ると、レーリクと視線が絡む。

　するとレーリクは小さく微笑し、自分の勲章をアダムに差しだした。

「これは彼に」

「……嫌みか？」

　ムッとした顔でアダムは勲章をかえそうとした。

「いえ、試験の結果は、おれの実力ではないので」

「え……」

「論文はルスラン・エルマノフが協力してくれました。彼が教えてくれたことをそのまま書いただけです。おれは『罪と罰』なんて、漫画と映画でしか触れたことはない」

「――っ！」

学生たちの間にざわめきが走る。不快そうに学院長も眉を寄せていた。

「何だって……レーリク、それは大問題だぞ。ルスラン……本当なのか」

院長が問いかけてくる。ルスランは困惑し、うつむいた。

「答えなさい。事実なのかどうか」

たしかに彼は訊いてきた。けれど。

「え、ええ、少し話を」

「彼の論文を手伝ったのか？」

「いいえ、それはありません。少しだけ、ほんの少しその作品について話をしただけです。彼が書いた論文の内容までは知りませんし、手伝ったという認識もありません」

ルスランは立ちあがって答えた。壇上にいるアダムが鋭い目でルスランをにらみつけてくる。

「レーリク、ルスランはああ言っているがどうなんだ」

「彼のほうはそうかもしれません。ただ作品の感想について口にしただけの認識だと思います。おれがそれを借用しただけです。悪いなと思いながらも、ルスランがいいことを言っていたのでそのまま勝手に書かせてもらっただけです。クライマックスの一番大事なところです。センナヤ広場の十字路で、主人公が大地にキスをするシーンの……」

「……」

「ルスランは、父なる大地に救いを求めていると解釈していました。おれはそれをそのまま書きました」

「レーリク……きみは……それでいいと思っているのか」

学院長の顔は引きつっているが、レーリクは余裕のある様子で肩をすくめて微笑した。

「まさか一位になると思わなかったのでつい。でもさすがに他人の意見を交えた論文で表彰されるのは気が咎《とが》めるので、正直に告白することにしました。本当に申しわけありませんでした」

「正直なのはけっこうなことだが……」

「ということで、代表生徒の地位は辞退します。おれはそれにふさわしい人間ではありませんので」

「……きみは自分がしたことをわかっているのか」

「ええ、ですから論文試験の点数はなしでけっこうです」

「論文が0点になってしまうと、特進クラスへの昇格もできないぞ」

「はい、それでいいです。おれは今のままで十分なので。それでは失礼します」

アダムを横目でいちべつし、レーリクが壇上から降りていく。ホールは騒然としていたが、三位の生徒の発表になり、ホールに静けさがもどる。

最終的に、ルスランは総合成績二十八位で一般クラスになった。だいたい自分で狙ったあたりの順位にホッとした。

一方、レーリクは論文が無効になったため、四十一位という成績になり、やはり一般クラスに入ることが決まった。

それにしても、一体、彼はどういうつもりなのか。

(どうしてあんなところで……あんなよけいなことを)

ホールでの成績発表と合同の授業が終わったあと、昼休みになったので、レーリクに真意を尋ねようとしたが、食堂に彼の姿はなかった。代わりにアダムが廊下の片隅に来いと指示してきた。

階段の踊り場——人がこない場所にルスランを呼ぶと、アダムは忌々しそうに問いかけてきた。

「ルスラン、どういうことだ、なぜあんなやつに協力なんて」

ルスランの胸ぐらをつかんでくる。アダムはひどく機嫌が悪かった。

「協力したつもりは……」

「わざわざおれと同じテーマにして……っ」

言いかけて、ハッとした顔でアダムが頭上を見あげる。階段の上にレーリクの姿があった。天窓からさす光がスポットライトのように彼を照らし、長い影が階段の下に伸びていた。

目にかかりそうな、さらりと額に垂れた癖のない金髪、今日は翡翠《ひすい》のような瞳の色をしている。

少しけだるげに、しかし冷ややか眼差しで手すりにもたれかかり、二人の姿を見下ろしていた。

「レーリク、そんなところからのぞきか」

「アダム、おれのせいなんだ、すまない、彼を責めないでくれ」

レーリクが一歩二歩と降りてくる。

「別に責めていないさ」

アダムがルスランから手を離す。

「そうだな、ルスランを責めるなんて……そんなこと、きみにできる資格はないよな」

レーリクは濃紺の軍服の上からさらりとはおったマントを払うと、アダムの手首をつかみ、冷ややかな笑みを浮かべた。

「きみも同じだろう、アダム」

「え……」

「知ってるんだ」

「まさか、おまえ」

アダムは引きつった顔でルスランをにらみつけた。レーリクに言ったのか？　という言葉の含みを察し、言ってないと首を左右に振る。

「いや、なにも」

ルスランの様子をちらりと見やり、レーリクはさらに強くアダムの手首を引き寄せた。

「……レーリク……離せ」

「きみは、意外とわかりやすい男だな、アダム。軍の幹部になるつもりなのか、政界に進出するつもりなのか知らないが、もう少しうまく仮面をかぶらないと、この恐ろしい国では生き残れないぞ。そんなに単純では政敵にやられるのがオチだ」

艶やかなレーリクの微笑を前に、アダムはといえば、死神に狙われたように青ざめている。足元はかすかに震えているのがわかった。

「アダム、きみの素晴らしい両親は、きみよりも早く寿命がきてしまう。自力で生き残れる力を培わなければ、待ち受けているのは地獄だ」

尊大に、アダムの支配者のように冷然としたレーリクは、完全にその場の空気を自分のものにしていた。

「……っ」

アダムが完全に気圧《けお》されている。ルスランとよく似たアダムは、アルファのなかでも決して大柄ではない。百八十七センチあるレーリクからすれば、十数センチも低い。それだけでも圧を受けるのだが。

「レーリク、手を離せ」

アダムが声を震わせる。ここに彼の取り巻きはいない。実際、アダムはレーリクの言うように両親の権威がなければなにもできない小心者だ。だからレーリクに圧倒されているのだろう。

「いいよ、すぐに離してやる。だが、その前に欲しいものがあるんだ」

レーリクの形のいい双眸が妖しく煌めく。不吉そうな、ふぅとあたりが闇に包まれるような笑みに、一瞬、そばにするルスランでさえ背筋がぞくりとした。

「え……」

アダムがけげんそうに顔を上げた瞬間、レーリクはその身体をぐいっと壁に押しつけた。そしてアダムの首筋に唇を押し当てた。

「……っ！」

電流を浴びたようにアダムが硬直している。

「ん……っ」

「レーリク……」

ルスランは目を見ひらいて彼を見た。

アダムの首筋を唇で吸いながら、レーリクはルスランをいちべつしたあと、すかさず余っているほうの手でスマートフォンを操作してその姿を動画に撮った。

「な、なにをするんだ、やめろ！」

アダムがバシッとレーリクのほおを叩く。その音が誰もいない階段の踊り場に大きく反響した。

「……」

片ほおが赤く染まり、唇が切れ、血が出ているが、気にするふうでもなく、レーリクは妖艶にほほえんだ。

そしてスマートフォンで写した動画をアダムに示した。

「数秒だが、すごくいい動画だ」

「な……っ」

「この学院の代表生徒にして、帝王。未来の軍の大幹部、あるいは政界の大物になる男が、実は、同じアルファの男にオメガのように首筋を吸われ、唇を震わせて、艶っぽい吐息を漏らしていた。稀少《きしょう》な動画だ。なんてみじめで恥ずかしくて……それでいて美しいのか。記念に大事にするよ」

レーリクは楽しそうに自分のスマートフォンにキスをした。

「ふざけるな、レーリク。そんなことをしてただで済むと思っているのか」

激しく動揺しているのか、アダムは声もひざも震えている。

「別にいいよ、ただで済まなくても」

「レーリク……おまえ……」

「まあまあ、アダム、そう怒るな。交換条件を出す。これからのきみ次第だ。ちゃんと卒業するときに削除してやるよ」

「おれ次第……だと?」

ああ、とレーリクはうなずいた。

「特進クラスで帝王として振る舞うのはいい。だが、おれやルスランのような一般クラスの生徒にはかまわないでくれ。きみにとっては、住む世界が違う下層階級の生徒なのだから。それぞれのクラスの自治はそれぞれのクラスに」

レーリクの双眸はさっきより冷ややかなアイスブルーになっていた。弓形にひき結ばれた唇からにじむ近寄りがたい冷たさ、金色の癖のない髪は病院で一緒にいるときよりもずっと酷薄そうだ。

「わかった、条件を呑もう」

「なら、卒業のときに削除する。だが、きみが約束を破ったら、世界中に拡散する」

「な……」

「だからきみ次第だ」

「……よし、わかった」

苦渋に満ちた様子でそう言うと、アダムは二人に背を向けて踊り場をあとにした。かなり苛立っているのだろう。彼の影が怒りでわなないている。

「やれやれ、困った生徒だ」

レーリクは肩をすくめて笑っているが、ルスランは不安になった。

「レーリク、ありがとう、助けてくれて。だけど、あんなことをしたら大変なことになる。きみがどうなるか心配だ」

「どうでもいいさ、させたいようにさせておけば」

「そんな簡単なものじゃない」

下手《へた》をすれば、殺されるかもしれない。

「だけど許せなかったんだ、おれのことできみが非難されているのを見るのは」

「あんなの、ぼくにはたいしたことじゃないよ。だから、これからはやめて欲しい。なにがあってもアダムには逆らわないで」

「どうして？　どうして、きみがあんなやつに従属しているんだ」

「だから放っておいてくれって言っただろう」

「わかった、だったら放っておく。その代わり教えて」

レーリクはルスランの手をつかんだ。

「アダムは、きみの異母弟なんだろ?」

ルスランは口をつぐみ、じっとレーリクを見あげた。言葉で肯定しない代わりに否定もしない。

……察しろということか。さっきのこと同様に」

ルスランから手を離し、レーリクはポケットに手を突っこんだ。

「あの……レーリク、さっきのことって……」

まさか気づいているのか、ルスランの不正に。

「冗談でアダムにかまをかけただけだ。おれにはどうでもいいことだ。でもよかった、念のため、保険をかけておいて」

「今の写真のこと……?」

「そんなところだ。授業に遅れるぞ、これからスケートの授業だろう」

レーリクが窓の外のアイスリンクに視線を向ける。

「あ、そうだった」

今日は、このあとフィギュアスケートの授業だ。アイスホッケーかフィギュアスケートは必須科目になっていて、ルスランもレーリクもフィギュアスケートを選択していた。

この国では、国家をあげて冬季スポーツ大会でのメダル獲得を目指しているため、スケートの授業はどの学校も必須になっている。

アルファの男性は、体格がいい者が多いので、時折、ナショナルチームからのスカウトもくることがある。ペアやアイスダンスの男性に向いている場合、いきなり引きぬきされてしまうこともある。

スケートリンクに併設された更衣室に行くと、レーリクのロッカーの鍵が壊れていた。

「ブレードのビスが外れている」

なかからスケート靴を出すと、レーリクは肩をすくめた。特進クラスと一般クラスの合同の授業なので、犯人はおそらくアダムの取り巻きだろう。アダムはアイスホッケーを選択しているのでここにはいない。

「こんなことして……本気でつまんないやつら」

その言葉に、更衣室にざわめきが広がる。レーリクはロッカーから工具を出し、ベンチに座って器用にブレードを直した。

「うん、これでよし。アダムに気に入られたいのかなんなのか知らないけど、こんなことしてもおれには何の効果もないのに」

そう言ってレーリクがロッカーから体操服を出そうとすると、どっと水が流れ落ちてきた。彼の体操服に大量の冷水がかけられていたようだ。

「ひど……誰だ、こんなことをしたのは。犯人を見たやつは？」

ルスランはたまらず声をあげた。しかし他の生徒たちは目を合わせ、クスクス笑っているだけでそれ以上の反応はない。

「いいさ、ルスラン。せっかくだし、みんなにヌードショーでも見せようか」

アダムの取り巻きだけではなく、他にもレーリクの存在をうとましく思っている学生は多い。

詐欺師だの、スパイだの、男娼だのとなにかと悪い噂を立てたかと思えば、彼になにか罪をなすりつけて楽しんだりする。それで競争社会に晒《さら》されている学校生活のストレスを発散しているのだ。

「さっさと出て行けよ、レーリク」

「レーリク、おまえの父親、マフィアだろう」

誰かが話す声が聞こえてきた。

「やめろ！」

立場を考えるとあからさまにかばいたくはなかったが、さすがに腹が立ってどうしようもなかった。

「いいよ、ルスラン。言わせたいやつに言わせておけば」

「レーリク、ぼくの体操服を貸すよ。予備があるから」

ルスランがロッカーから新しい体操服を出すと、別の生徒が心配そうに後ろから声をかけてきた。

「論文といい、今回のことといい、ルスラン、おまえ、彼をかばいすぎているぞ。アダムの機嫌を損ねたらここで暮らしていけないというのに」

「わかってる。でもこんなのフェアじゃないから」

するとレーリクが口をはさんだ。

「ルスラン……かばってくれてありがとう、と言いたいところだが、なにもそんなに本気になってかばわなくてもいいのに」

「別にかばいたくてかばっただけじゃない。授業が始まるから」

「本当に？」

目を眇《すが》め、レーリクが顔をのぞきこんでくる。

「なんだ、残念」

レーリクはおかしそうに笑った。

「ということで、いつも振られてばかりなんだ。おれがルスランに片思い中なので」

すると更衣室がざわついた。

「わかってるのか、アルファ同士の恋愛は禁止だ」

「どうでもいい」

レーリクが肩をすくめて笑う。

「誰が誰を好きになってもいいじゃないか。おれはルスランが好きだ」

いきなり何てことを口にするのか。わざとまわりを挑発して楽しんでいるのか……と焦るルスランとは対照的に、他の生徒たちはレーリクが嫌がらせへの腹いせで露悪的なことを口にしていると受けとっている様子だった。

「なるほど、お優しいルスランくんは特別ってわけか」

「そうだ、彼だけだからね、まともなのは」

「まさか恋愛感情としてルスランが好きなのか?」

別の生徒がおもしろそうに訊いてくる。

「好きだよ、少なくともきみよりは」

ルスランはレーリクの腕をつかんだ。

「レーリク、そういう冗談はやめてくれ。もういい加減にしろ」

「冗談じゃない、本気だ」

「冗談にしか聞こえない。それより早く着替えて。ぼくの予備のを、少し小さいかもしれないけど、この体操着を貸すから」

「いい、このままでも滑れる」

彼は上着だけ脱ぎ、シャツとズボンのままスケート靴をつけた。そしてぐいっとルスランの腕をつかみ、そのままリンクへと向かう。

「ルスラン、アイスダンスをしよう」

教師も専任のコーチも無視し、いきなりレーリクがリンクの中央に行く。

「え……ま、待てよ」

「多分、おれのほうがコーチよりも上手だから。前の学校にいたとき、けっこうまじめにやってたんだ」

「フィギュアを？」

「そう、三回転半くらい飛べる」

「うそ、すごい」

「うそだ」

「レーリク……」

「でも三回転のトゥループくらいならできる。アイスダンスも得意だ。パートナーがいればシニアの大会にも出られる」

全ロシア選手権に出場できるくらいだと言いながら、ルスランをリードしていく。

「……っ」

たしかにうまい。スピードが違う。エッジのカーブも。

一応、ルスランも子供のころから授業でフィギュアを選択してきたので、シングルもアイスダンスも簡単なことならできる。ここにいる生徒たちも、全員、二回転ジャンプくらいならできるが、レーリクだけはスピードが違う。

前に進むクロスをして、ターンして後ろに進むクロス。それから足を変えて前から後ろへとターンするモホークや、片足でのスリーターンやループ。巧みに足を変えながら、それでもスピードを落とさず、深く傾いたエッジワークで進んでいく。疾走感が心地いい。エッジが滑らかに氷に乗っているのがわかる。

「きみの弟、ミーニャくん。彼、スケートを見るのが好きなんだってね」

「そんなこと……言ってたの？」

「ああ、今度二人で踊るところが見たいそうだ。だから約束した、二人で滑る動画を撮るって」

「ここで？」

「ここは無理だろ、授業中なんだから。今度、外でスケートしよう。あ、あと、エルミタージュ美術館も一緒に。プレゼントの画集を買いに」

「それも話したんだ」

ミーニャは、芸術的なことが大好きだ。レーリクのピアノ、フィギュアスケートやバレエ、それから絵を見るのも。

「ああ、彼といろんな話をしている。きみが好きだという話も」

「……レーリク……その話は」

「そうだな、今はやめておこう、授業中だ」

そんなこと言われると胸が甘く疼いてしまう。彼は冗談かもしれないけれど、そんなこと、口にしないでほしい。こちらばかり振り回されるのだから。

(アルファを好きになったなんて……誰にも言えないし、レーリクだって、ぼくが本気だってわかったら、きっと引いてしまうと思う)

ミーニャがパパとママになってなんて言ったから、冗談でその言葉につきあっているだけだと思うけれど、こちらは許されない気持ちを抱いているだけに、さすがに冗談でもそんなことを言われると辛い。期待してしまいそうで怖いのだ。

「さあ、授業に行こう。こんなところでふたりでアイスダンスなんて。服装の説明も先生にしないと」

すでに他の生徒たちがリンクで滑走を始めているのに。その中央で自分たちはなにをしているというのか。

「もう一曲、どうだ?」

レーリクが手を差しだしてくる。

「だから、もうやめてほしいんだけど」

きみは何者なんだ? なにを求めてこんなことを?

問いかけたかったが、言葉を呑んだ。知ったところでどうしようもない。どんどん惹かれてしまうだけだ。

「このまま終わらせるのか?」

ルスランはゴクッと息を呑んだ。

「意味がわからないんだけど」

するとレーリクは口元に静かに笑みを浮かべた。

「もう一曲一緒に踊ったら……多分、おれもきみもお互いと寝たくなる」

「……っ!」

悩ましい眼差しに、艶やかな声に、鼓動が跳ねあがるのがわかった。

「バカなことを……」

うわずった声で否定し、後ろに下がろうとしたルスランの腰に腕をまわし、レーリクは身体を引き寄せようとした。

「きみが欲しい」

「笑えない……アルファ同士だぞ、冗談でもそんなことを言うな」

首を懸命に左右に振る。それでも心臓の高鳴りは抑えられない。

「冗談じゃない」

レーリクから視線を逸《そ》らせず、ルスランは息を呑んだ。かすかに小首を傾け、レーリクはそんなこちらの顔をじっとのぞきこんでくる。

「……いけない……そんなこと。わかっているのか、校則では」

ルスランはできるだけ声をひそめて訴えた。

「どうでもいい、校則なんて」

「どうでもよくない……ぼくは校則に従いたい」

「恋愛ではない、愛しあおうとも言っていない。ただ一度アイスダンスを踊れば互いの気持ちがわかる、寝たくなるかどうか確かめようと……」

「そんな必要はない」

とっさにレーリクの腕を振りほどことうとしたそのとき、腰を抱くレーリクの手に力が加わり、ふっと身体を反転させられる。アイスダンスのターンだったが、一瞬、唇にあたたかい息が触れた。

目を見ひらいた瞬間、そっとくちづけされていた。

「……」

ほんの一瞬の、触れるか触れないかの軽いものだった。他の生徒たちは見ていない。ターンをしたときに皮膚を重ねた程度だ。

しかしルスランは硬直してしまった。

ダメだ、心臓が爆発しそうになっている。どくどくとこちらの鼓動が伝わっているだろう。相手の鼓動がこちらに伝わってくるように。

「恋愛ではないと言ったが……実は恋愛だ……きみが好きだ、ルスラン」

「……っ」

とっさにルスランは彼のほおをはたいていた。

「く……っ」

パンッという乾いた音が響き、リンクにいる学生たちが一斉にこちらに視線を向ける。教師もコーチも含め、全員じっとこちらを見つめていた。

「ふざけているだけです。ルスランにステップを教えていて」

何でもありませんとレーリクが笑顔をむける。

「レーリク、体操服は」

「すみません。洗濯したものが乾かなくて。でも、これでも滑れますので」

「そうだな、きみの技術なら問題ないだろう」

レーリクのほうがはるかに技術が上なので、さすがに教師はなにも言わないようだ。

「では、夏のアイスショーのメンバーはこちらに。それ以外は、各自で練習を。次の試験では、二分の音楽に乗って要素をこなしてもらう。音楽は試験の課題曲から一曲選んで。ジャンプ要素五つ。二回までコンビネーションジャンプを入れてもいい。アクセル系を一つ含んで。スピンは二種類。ステップシークエンスは一回。これができないと最終学年に進級できないぞ」

教師とコーチたちが一部の生徒を集めて指導を始めた。

夏に有志でチャリティーのアイスショーをすることになっていて、そのメンバーたちの振りつけを始めることになっていたのだ。

『眠れる森の美女』のバレエのようなショーをスケートリンクでやって、金を集めて福祉団体に寄付しようという企画だ。

ルスランは参加しない。レーリクは王子役に推薦されたらしいが、眠り姫の役以外はしないと断ったそうだ。

「すまない、でもさっきのは」

「レーリク、やめよう、授業中だ」

「……わかったよ、じゃあ、スケートの話をしよう。きみはショーに出ないの?」

「きみこそ、やればいいのに」

「きみが王子をしてくれるなら。きみにキスされて目覚めたい」

「なら、ぼくが魔女をやる。永遠に目覚めないように魔法をかけてやるよ」

冗談めかして言うと、レーリクは楽しそうに笑った。

「いいね、きみみたいな魔女になら魔法をかけられたい」

「そう、ぼくは魔女、きみは眠り姫。ふたりは一緒に踊ったりしない。だからもう終わり。

きみと踊るのはこれでおしまいだ」

多分、もう一曲踊ったら止められなくなってしまう。このミステリアスな男に惹かれる気持ちが。いや、もう止められないのだけど、まだ今なら淡い好意で終われるはずだから。

「じゃあ、ぼくは試験の練習をするから」

「曲はなににするの？」

「序奏とロンカプ」

課題曲のなかでは一番好きな曲だった。

「ああ、サンサーンスの。ミーニャくんの好きな曲だ」

「きみは？」

「おれもそれがいい」

「ええっ、違うのにしろよ。課題曲七つもあるのに」

一緒の音楽を選ばれると、こちらの下手さが露呈してしまう。

「じゃあ、ラフマニノフの歌劇『アレコ』の序章かな。多分、誰も選ばないだろうから」

「たしかに。旋律は綺麗だけど、悲劇的な内容のオペラだし」

プーシキンの詩をもとにしたそのオペラは、浮気をした女とその愛人を殺してしまい、孤独になる男性が主人公だ。

「そう、悲劇的だな。愛というものは実体がないから」

ボソリと言うと、レーリクは課題の練習を始めた。

そう、実体がない。この胸に湧く彼への気持ちも形を持たない。だけど大きくなっているのだけはわかる。

『もう一曲一緒に踊ったら……多分、おれもきみもお互いと寝たくなる』

レーリクの言葉が耳の奥でよみがえってくる。

それだけで身体が熱くなってくる。ダメだ、惹かれたら。好きという気持ちを閉じ込めないと。胸の奥に。凍らせて、封じ込めて、そして忘れよう。

そう思った。でなければ、取りかえしがつかなくなると思ったのだ。

4　恋の罠

「──そこの学生、もういいか、閉めても」

事務員に声をかけられ、はっと顔をあげると、すでにまわりに人気はなかった。復活祭前にレポートをすべて仕上げておこうと、図書室で調べ物をしているうちに、もうすっかり夜になっていた。

復活祭の間は、図書室が閉まってしまう。その前にアダムと自分の分を仕上げ、復活祭の休みの間は、ずっとミーニャのところに行こうと思っていた。

「うっ……寒……っ」

外に出ると、夜空から小さな粉雪がふわふわと降ってきていた。少し春らしくなってきたと思っていたのに、また明日から真冬のような寒波がやってくるという。

息は白く、顔が痛くなるような冷たい風に身体が激しく震える。

この冬はもうずっとこんな感じだ。春なんて本当に来るのだろうか。来月、五月になったら花が咲き始め、再来月は白夜の季節だなんて想像もつかない。

ルスランは肩をすくめ、マントをはおり直して寄宿舎への道を急いだ。学院の敷地は広い。図書室から学生寮まではけっこう距離がある。

急ぎ足で歩いていると身体が熱くなり、体感的な寒さが少しだけ軽減する。ザクザクと半分凍った道を進んでいると、すっと白樺の木立の間からレーリクが出てきた。

「待っていた」

何十分、そこにいたのだろう。帽子やマントの上にうっすらと雪が積もっている。

「レーリク、凍死するよ、そんなところにいたら」

「平気だ。それより謝りたくて。スケートのとき、ちょっと気が急《せ》いてしまって……申しわけなかった」

それを言うために？　こんなところに。

「いいよ。あんないじめがあった後だから」

「気にしてないよ、いじめも嫌がらせもどうだっていい」

「……」

「それよりわかったんだ。あの論文で」

「あの論文て？」

「わざと同じ論文にした。つまり……薄々気づいていたから、わざときみに意見をもらったんだ」

突然のレーリクの言葉に、ルスランは寒さも忘れて立ち止まった。

「全国統一試験の答案……きみが完璧な回答をしたのを知っていたから」

「……？」

「試験のとき、おれはきみの斜め後ろだった。おれと同じところに丸がついていたし、ほぼ同じ答えを書いていたことに気づいた」

「では……」

「なのにきみは特進ではなく、一般クラスになった。論文もそうだ」

露骨に嫌そうな顔をしたルスランの表情でわかったのか、レーリクは苦笑いした。

「仕方ないか、政府高官のたった一人のアルファの子として誕生し、エリート中のエリートとしてしか生きることができないから、アダムは必死なんだろう」

「アダムの生き方を肯定するのか？」

冷ややかに口にしたルスランに、レーリクは楽しげに微笑した。

「人間は綺麗ごとだけでは生きていけないから」

「きみもそういう考えなのか」

ルスランは再び早足で進んだ。

「そうじゃない」

「待てよ」

「話はない。それより早く寮に戻ろう」

「じゃあ、きみの部屋に遊びに行っていい?」

「ダメだ、これからまだレポートをやるから」

「ご苦労なことだね、自分の分だけでも大変なのに、いつもいつも二人分」

「二人分なんてしてないよ」

「してるくせに。異母弟のアダムのために。ミーニャくんといい、アダムといい、きみはずいぶん兄弟思いだな」

ルスランは立ち止まり、レーリクの肩をつかんだ。

「一緒にするな！」

夜の木立にルスランの声が反響する。まわりには、すでに明かりを落とした学舎が建ち、ふわふわと降る雪がまわりの木々を白く染めていた。

「ミーニャはアダムとは違う。ぼくにとっては……全然違う存在だ。ミーニャはぼくの生きる支えだ。今度、一緒にしたら、きみを殺す」

きっぱりと言ったルスランに、レーリクはふっと笑った。そして雪に濡れたルスランのほおを革手袋でそっと払った。

「ごめん、二度と同じにしない」

「……ごめん、ぼくも言いすぎた。さあ、早く寮にもどろう」

「ああ」

歩くたび、滑りそうになる。いつのまにか地面が凍っていた。足を取られ、つんのめったルスランの腕をレーリクがつかむ。

「あ……すまない」

「ううん、でももう少しゆっくり歩いたほうがいい、凍結した道は危ない」

「だけど早く歩かないと寒いだろ」

「じゃあ、手をつないで歩こう。引っぱっていってやる。雪用のブーツを履いてきた。きみのような革のブーツだとこんな夜は滑ってしまう」

本当だ。ちゃんと雪用の靴を履いている。

「いいよ、そんなの。ぼくがたよりない子供みたいじゃないか」

「実際、そうじゃないか。おれよりずっと小柄で華奢《きやしや》で、折れそうなほど細い。その上織細で、雪のなかに咲く雪割草のように綺麗だ」

「やめてくれ、そんな喩《たと》え。ぼくは嫌いだ、アルファっぽくないじゃないか」

小柄で華奢な身体つきなど大嫌いだ。花に喩えられるアルファなど、一体、この世で何の役に立つというのか。

「それにしても不思議だ。アダムの異母兄なのに、どうしてきみは姓が違うの？」

「他人のプライベートなんてどうでもいいだろう？」

「そうだね。でも知りたいんだ。どうしてアダムだけ父親や母親の権威を盾にいばってるの？　母親はともかく、父親はイワネンコ将軍だろう？　大統領の親友といわれている男だ。なのに、ここにいる生徒は誰もきみが将軍の息子だと知らない」

「そんなのどうでもいいことだから」

「知ったら、みんな、きみに頭があがらなくなると思うけど」

「きみは違うだろ？」

「え……」

「きみはそんなことで変わったりしないだろ」

アダムに対して脅しをかけるような男だ。レーリクにとって、どの生徒の親がどんな職業かなんてどうでもいいことだろう。

「そうだな、おれにとってはどうでもいい」

「ぼくもどうでもいい」

軍の大幹部の息子として生まれた。だが、自由はない。いずれはアダムの参謀となり、ロシア軍を陰ながら支えるだけ。あるいは、アダムが政治家になったときは、政界を支えるだけ。

(でも……ナターシャは、それよりもアダムには鉄鋼業を継がせたいようだ)

最近、ナターシャはビジネスに励んでいると聞いた。なかなかのやり手らしい。彼女は実家のロシア随一の鉄鋼会社の役員になった。

かなりの資産のようだ。ナターシャはこれからは軍や政治家よりもビジネスだという考えらしく、アダムに鉄鋼会社の経営者になってほしいと望んでいる。アダムも規律の厳しい軍に入るよりは、贅沢三昧《ぜいたくざんまい》ができる鉄鋼会社の経営者になりたいはずだ。

そうなったら、ルスランは鉄鋼会社の秘書になるだけ。

(どれでもいい。とにかく無事に過ごせれば)

ミーニャのためにも、不安定な人生は送りたくない。自分だけは脱落したくない。母のように倒れたくはない。他の生き方はわからない。見えない。だから。

「ルスラン、きみ……本当はさ、こんな学院……やめたくて仕方ない、自由になりたいと願っているんじゃないの?」

寮まであと少しというところで、もう一度、ルスランは足を止めた。そしてレーリクをにらみつけた。

暴かれたくない。ここまで無事にやり過ごしてきたのだ。これからも壊れないように、これからも間違えないようにしないと、一番大切なものを守れない。

そう、ミーニャを失ってしまう。想像しただけで足元が真っ暗になる。小さくて愛らしいたったひとりの本当の家族。彼を失ったら、生きている意味がなくなってしまう。

「たのむから、ぼくにかまわないで」

冷たく言い放ち、ルスランは彼に背をむけた。しかし後ろから手首をつかまれ、振りむかされる。

「わかるんだ。編入してきたときから、おれはずっときみを見ているから」

「ぼくを？……どうして」

「きみがおれと同じものを抱えている気がして」

「同じ？なにが」

「縛られている。だから自由に憧れている」

「……きみも？」

「ああ。でも愛するものを守るため、縛られ続けなければならない。それが同じだから」

「……」

そんなことを言われると泣きたくなってしまう。弱さを曝《さら》けだして、これまでこらえてきたものを彼に吐き出してしまいたくなる。

「少しでも助けになりたいんだ」

「いらない、必要ない、助けなんていらない、ひとりで生きてきたんだ。これからもそれでいい」

ここで彼に助けを求めたら、もう今の状態に耐えられなくなりそうで怖い。

「じゃあ、助けてくれ、おれを。きみといることが救いなんだ。きみと愛しあいたい」

「バカな。愛しあう？　アルファ同士だぞ。すぐに悪霊に負けてしまう」

「その悪霊は……ドストエフスキーじゃなく、マルケスのほうか？」

そうだ、とは、答えなかったが、少しうれしかった。自分の内側にある悪霊ではなく、愛もまた悪霊となり得るという意味が彼にも伝わったのだろう。

「二冊とも読んでいるのか」

「きみが読んでいるからね。きみが図書館で借りた本をおれも追いかけている。スペイン語の勉強になった」

「ストーカーじゃないか」

「どうして？　好きな相手のことを知りたいと思うのは自由だろ」

腕をつかみ、レーリクがじっと顔をのぞきこんでくる。

「つきあいたいんだ、きみと」

胸が甘く疼いた。けれど。

「無理だ、アルファ同士の恋は禁止されている」

正確には、男性のアルファ同士が許されないだけであり、アルファの女性となら問題はないのだが。

「おれが嫌い？」

ルスランは首を左右に振った。

「好き?」

唇を嚙み締め、ルスランは泣きそうな目でレーリクを見た。それだけで気持ちが伝わったのだろう、彼はうっすらと微笑した。

「ひとを好きになるのに、性別は関係ない。おれは正直に生きたい。子孫を作るためだけに、オメガとつがいになるなんてまっぴらだ。ただきみを愛している、それだけだ」

愛している……。

「すべての罪はおれが背負う。悪霊に負けるのはおれだけだ」

手袋を取り、レーリクはルスランのほおをその手で包んだ。冷えていた肌を手のひらで包まれると、これまで胸で凍らせようとしていた感情もするりと溶け、あたたかな波となって全身に広がっていく気がした。

「……」

ぽろり……と、ルスランの瞳から流れ落ちた一筋の涙が彼の手に落ちていく。

ぼくも好きだ。愛している。

「ダメだ……」

ルスランの口から出た言葉に、レーリクはあきらめたような表情になり、すっとほおから手を離した。

「違う、そうじゃなくて」

とっさにルスランはその手をとって自分のほおにもどそうとしたが、そのまま手のひらにキスしていた。

「ルスラン……？」

綺麗な指。きらきらとしたまばゆい音を奏でていたこの手。透明な金色の光のような音だった。あの音に浄化された。あの煌めきを守りたい。

「ダメだ、ひとりで罪を背負わないで。悪霊に負けたらダメだ。どうかアダムに逆らわないと誓ってほしい、でなければ……ぼくはきみに応えられない」

言ったあと、自分でびっくりした。どうしてこんなことを口にしてしまったのだろう。

「じゃあ」

ルスランはうなずいていた。

「そうする。逆らわない。秘密は守る」

雪明かりのなか、いつもよりレーリクの眸が濃い瑠璃色に見えた。一瞬、その透明感のある美しさに吸いこまれそうになる。レーリクこそあの花のようだ、と思った。さっき彼が言っていた雪割草に。雪のなかに咲くあの花のように美しい。

「だから、ルスラン……脅すよ、この先、おれはきみを」

「脅すって……なんのために？」

「おれのために」

ルスランは眉をひそめた。

「愛が欲しいんだ」

「……っ」

「だから脅す。きみを愛したい」

「……レーリク」

「きみは黙っていてほしいんだろう。あいつを学年トップにし続けなければいけないんだろう？　おれは手を抜く、きみのために」

「おかしいよ、そんなこと。何のメリットもない。愛なんて……ぼくなんかへの愛のために自分の未来を犠牲にしないで」

「きみだってそうじゃないか。愛のために、未来を犠牲にしている」

「それは……ぼくは家族のためだから」

「だから、同じだ、きみが家族を愛するようにおれも愛しているから」

何の迷いもないその言葉の強さに胸がふるえる。犠牲になんてさせたくないのに、求められる気持ちに救いを感じてしまう。愛される喜びに浸りたいと思ってしまう。

「でもダメだ、もったいないよ。国内トップなんだよ、どんな地位でも栄光でも手に入る可能性があるのに」

「どうでもいいよ。地位や栄光なんて」

「そんなこと言われたらぼくは……」

「この窮屈な世界のなかで、生きるために、愛が欲しい」

どうしよう。心が痛い。彼が愚かすぎて。彼が痛すぎて。だからこそどうしようもなく愛おしい。

「愛をくれたら、守る方法を考える」

「レーリク……」

「きみと、そしてきみの最愛の存在を」

ダメだ、また涙が出てくる。

「愛なんて……無理だ」

「どうして」

「ぼくは自分から誰かを愛したりはしない」

愛していると正直に伝えるのが怖い。すべてが変わりそうで。

「でも脅されて……仕方なく愛することはできる」

そんな言葉を口にしていた。

うそだ。本当は惹かれている。愛している。仕方なくではなく、どうしようもないほど。

だけど言葉にはできない。ルスランには、まだそんな勇気は持てなかった。

それが始まりだった。それから週末ごとに会うようになった。

たがいに別々に寮を出て、ホテルで落ちあって、ホテルで別れ、それからミーニャの病院で偶然会ったふりをして、日曜の午後、病室で楽しい時間を過ごす。

一応、ボランティアという名目で外泊許可を取っていたのもあり、彼はよく病院でピアノを演奏していた。

ミーニャもとても幸せそうで、以前よりもずっと体調が安定しているのは、レーリクのおかげだろう。

「このままずっと家族でいたいな。ふたりのお兄ちゃんがパパとママになってくれたらいいなあ。みんな、いっぱい幸せになれるよね」

それが口癖となっていたが、それを聞くたび、胸が少しだけ痛んだ。

(この関係は……高校生活の間だけ。ずっとじゃないし、家族にもなれないのに)

けれどそれを伝えることはできなかった。

あまりにもミーニャの笑顔がまばゆくて、その笑みを曇らせたくなかった——というのもあるが、ルスラン自身ももう少し夢を見たかった。

これは今だけ、高校生の間だけなんだよ——と伝えると、それが本当になってしまうようで、言いたくなかったのだ。もし自分かレーリクがオメガなら、ミーニャの願うような家族になれたかもしれないが、現実的にそれは無理だ。

(どちらかがオメガだったら、そもそも出会うこともなかったけれど)

いつまでこのままでいられるのか、高校生活ももう残り少ない。

幸せな時間が過ぎていくのは早い。

八月、リンスキー士官学院は、他の学校が夏休みとなっていても、なにかしらの講座を受けることになっていた。

ルスランはアダムとともに、政治学、軍事学、経営学の専門の講座に参加し、レーリクは学院からの推薦で、観光客に向けたコンサートでピアノの演奏をしていた。

それでも週末にはホテルや病院で会うようにし、気がつけば九月になり、もう最終学年になっていた。

ロシアの夏はあっという間に終わり、九月の中旬になると一気に冷えこむ。

週末ごとに季節の変化を感じるたび、レーリクやミーニャと過ごす時間が刻一刻と少なくなっていくのを実感していた。

最終学年になると、生徒たちの間でオメガとの見合いの話も出てくるようになり、各エリート校のオメガのリストなどもまわってきた。

卒業前にプロムと称する盛大なパーティが企画されているのだが、その前から、めぼしいオメガとやりとりをする生徒も多かった。

学校側もSNS上での交流なら……と許可していて、それぞれの学校のホームページに、最終学年の全生徒の顔写真と名前、成績順位と簡単な紹介が載っていた。

とはいえ、各学校が管理しているパソコンからしかアクセスできないようになっていたし、やりとりはすべて公開されなければならない。

さらにオメガの学校は、アルファの学校とは比較にならないほど厳しく管理されているのもあり、SNS以外での交流は不可能だった。

それでもなにかしらの形で実際に会った場合は、双方とも、即刻、逮捕される。

だからそうした交流は、プロムで実際に会うまでの楽しみのようなものだった。あくまでバーチャルの関係のようなものだが、それでも自分たちのつがいになりそうな相手をさがすのは楽しいらしく、積極的に交流を持とうとする生徒も多かった。

「すごいな、レーリクの写真に一番多く『いいね』がついてるぞ。大人気だ」

授業のあと、寄宿舎の一階にあるサロンではパソコンのまわりによく人だかりができていた。

ある日、ルスランが図書室からもどると、レーリクを中心にサロンで数人の生徒が盛りあがっていた。以前のレーリクは他の生徒との距離をとっていたが、ルスランと密会するようになってからは、学院でよけいな波風を立てないようにしたいとして、適度にクラスメートたちと会話をするようになっていた。

「レーリク、きみ、好みの相手、いる？」

生徒のひとりがレーリクに問いかける。

ルスランはサロンの戸口に立ち、ちらっと中の様子をうかがった。

広々としたサロンの、パソコンの反対側の一角では、アダムと取り巻き数人が新しくオメガ役にした生徒二人に、悪趣味な女装をさせている。

このままいやらしい遊びでもするのだろう。

その一角だけ衝立《ついたて》があるので、他の生徒からは見えないのだが、戸口に立っていると、窓ガラスに映る彼らの様子がうっすらとうかがえた。

レーリクたちのいるあたりは、一般クラスの、比較的おとなしい生徒が中心だった。

「好み？　おれはあまりプロムには興味ないけど」

「そういえば、レーリク、前はルスランが好みだって言ってたな。ああいうオメガがいいのか？」

誰かの言葉に、サロンにいた生徒たちの視線がルスランに注がれる。こちらをいちべつしたあと、レーリクは笑顔で答えた。

「そういうわけじゃないけど」

「このオメガはどうだ？　ルスランに似ている。彼は、ちょっとオメガっぽいから」

オメガっぽい。それはよく言われるので気にはしないが、ルスランは次のレーリクのひとことに心臓が止まるかと思った。

「あ、ああ、でもどちらかというとアダムに似ていないか？　彼、とても綺麗だよね。ずいぶん小柄で華奢だし、性格もとても傷つきやすくて繊細だし、ルスランよりもずっとオメガっぽくて素敵だ。彼がオメガならつがいにしたかったよ」

明るく響いたレーリクの一言に、サロンがシンと鎮まりかえる。微妙な空気が流れ、衝立のむこうから、アダムが現れた。

「レーリク、今、何て言った？」

冷ややかなアダムの問いかけに、レーリクは目を細めて微笑した。

「きみを褒めてたんだ」

悪びれもなく言うレーリクに、ほかの生徒たちが顔を引きつらせる。

「アダム、きみはとても美人で素敵だってたたえていたんだよ。オメガならつがいにしたいくらいだと」

「……ふざけたことを」

「ふざけてない、実際そうじゃないか。褒め言葉は素直に受けとってくれ」

「褒め言葉じゃない。おれがルスランよりオメガっぽいだと。訂正しろ」

ああ、まずい空気になってきた。

「いいじゃないか、おれはきみをけなしたつもりはない。それに……互いに干渉しない約束じゃないのか」

レーリクはスマートフォンを取りだし、手のなかでくるくるとまわした。それに気づき、アダムは苦い顔をする。

「まあ、いい。今回のことは褒め言葉として受けとっておくよ」

くるっとレーリクに背をむけ、アダムが衝立の奥に向かう。

「いいのか、それで」「あいつ、なんとかしたほうが」と取り巻きたちがアダムにささやいているのがわかったが、アダムは「あんなやつ、無視しておけ」と命じ、再びオメガ役の生徒たちと遊び始めた。

「レーリク、冷や汗が出たぞ」

一般クラスの生徒が呆《あき》れたように言う。

「すまない。つい本当のことを口にしてしまって」

レーリクは悪びれもせず笑顔で答えているが、ルスランは困惑した気持ちで彼を見つめながら肩をすくめた。

あとで言わなければ。不用意にアダムを挑発しないでほしい、と。

「めずらしいな、慎重なきみがここにくるなんて」

その夜、消灯時間のあと、ルスランはレーリクの部屋を訪ねた。各自個室で、しかも彼はむかいの部屋なので行き来はしやすい。

廊下に監視カメラがあるので、発覚したとき、勉強をしていたと言いわけできるよう、わざとテキストを手にして。

「話があって」

バレないよう声を殺し、話しかけた。部屋の明かりはつけないまま、机の上のライトだけの薄暗い空間で、万が一でもカーテンに自分の影が映らないよう気をつけながらルスランは暗くなった部分に立った。

「大丈夫、この部屋には盗聴器も監視カメラもない」

「……っ」

「アダムがしかけたものは、すべて見つけておれと似た容姿のウロンスキーの部屋につけておいた。彼は品行方正だからね。あ、ただし監視カメラだけ。あえて傷をつけて精度を落としておいたのでバレないだろう。で、盗聴器はここに」

レーリクは机から五つほど盗聴器を出して手のひらでころころと転がした。

「……よく見つけたな」

「得意なんだ、耳がいいから。ちょっとした機械音の違いがすぐにわかる」

そうか、ピアニストの耳を持っているのか。だが、それにしてもよく盗聴器や監視カメラに気づいたものだ。しかも品行方正で、外見の似た生徒の部屋に取りつけるという用意周到ぶり。ただ耳がいいだけではすまない徹底ぶりに驚かされる。

（そう、レーリクはいつもそうだ。あらゆることに鋭すぎる。隙がない。ミーニャのことにしても、ぼくですらわからないことにも気づく）

熟練のスパイのよう……というと喩えはおおげさな気もするが、そのくらいのものを感じる。

きみは何者なの？　そういえば、ぼくはきみのことをなにも知らないけど。そのほうが一過性の恋として終えられるし、なにより自分の問題に巻きこみたくないという気持ちで、あえて知ろうとしなかったけど。

いろんな噂のことが頭をよぎっていく。誰かを殺したとか、オメガを妊娠させたとか、親が巨大マフィアだとか……。

「で、本題は？」

「わかってるくせに。アダムにどうしてあんなことを……」

たのむから余計なことはしないで。このまま平和に学生生活を終えさせて。

「何だ、残念、そのことか。夜這《よば》いにきてくれたのかと期待したのに」

ルスランの手を取って彼がベッドに連れこもうとする。

思わずその手を払ってあとずさったのだが、ガタッと腰が机にぶつかり、その拍子に積んであった本が数冊、音を立てて落ちていった。

「レーリク、うるさいぞっ！」

ドンドンと隣の住人が壁を叩き、ルスランは硬直した。そうだ、消灯後はかなり音が響くのだ。

ルスランは声をひそめて言った。

「ごめん……音を立てて。ただわかってほしくて。心配なんだ、彼は怒るとなにをするかわからないから」

本当に怖いのは、アダムではない。その背後にいるナターシャ、それから彼女の実家、そして父……。

「ああ、これからは気をつけるよ」

思ったよりも彼があっさりと返してくれたのでほっとした。

「ありがとう、それからごめん。もう部屋にもどるね」

背を向けたルスランを後ろからレーリクが抱きしめる。音を立ててはいけないという意識があるせいか、もう抵抗はしなかった。

「夜這いは無理でも、唇くらい奪っていってくれる？　でないとおれが眠れない。盗聴器も監視カメラもないから大丈夫だ」

「うん」

ルスランは振りむき、背を伸ばしてレーリクにキスをした。そのまま強く腰を抱きこまれ、シャツの下に彼が手を滑らせてくる。

「ダメだよ……これ以上は……」

「我慢できない、このままきみが欲しい」

それはぼくも……という代わりにルスランは目を閉じた。

バレたらおしまいなのに。破滅なのに。それなのに、触れられると自分も彼が欲しくなってくる。

「いいの?」

ルスランは静かにうなずいた。息が震える。

「ありがとう、うれしい、いつだってきみが欲しくて仕方ないんだ」

「……っ」

シャツの下に入ってきた手が胸に触れ、レーリクの指先が乳首を潰す。ひんやりとした指に熱っぽくつつかれ、ルスランはいつしか彼の腕をつかみ、爪を立てていた。

学院でこんなこと、少しでも声を出したら隣に聞こえるのに……と思いながらも、余計に身体が感じやすくなっている。なによりレーリクの腕から離れたくなかった。どうしようもないほど彼が欲しかったのだ。

それから表面的には静かな日々が続いた。

レーリクも約束通りアダムを挑発するようなことは口にしていない。あれ以来、時折、そっとルスランがレーリクの部屋に忍びこみ、互いを求めあうようなこともしているが、今のところ、誰かに気づかれている様子はない。

むしろそのスリルのなか、身体をつなぎ合わせると、いつもよりずっと激しく感じてしまって自分で自分が怖くなる。もうレーリクから離れられないのではないか……と。

だが、寒い日が続きミーニャが寝込む日が増え、自分のことよりもミーニャの容態のほうが心配になってきていた。もう移植手術をしなければ生きていけないのか。

そんな不安にさいなまれていたある日、アダムの母——ナターシャが学院を訪れ、ルスランを呼び出した。

男子学生ばかりの学院なので、女性がやってきたときは、正門の傍らにあるゲストハウスで面会することになっている。

黄葉し始めた白樺の林に囲まれた白亜の建物の周りには、小さな池があり、落ち葉が水面を黄金色に染めていた。

「元気そうね、ルスラン」

ナターシャは長い栗色の髪を背中までたらした長身の華やかな美人だ。少しルスランの母にも似ている。父はこうしたタイプの顔立ちが好みなのだろう。だからアダムとルスランがよく似ているのだ。細いメンソールのタバコを吸いながら、赤いソファに座ってゆったりとホットショコラを飲んでいる。

「めずらしいですね、奥さまがぼくをお呼びになるなんて」

「あなたの弟……ミーニャ……正式には、ミハイル・エルマノフの移植手術について。年明けなら可能だという連絡が病院からきたの。ただし……莫大な費用がかかるわ」

「……っ」

「私が出してもいいわよ」

「え……」

「あなた次第ではね」

ぼく次第……。でもこれ以上、なにをすればいいのか。

「その前にあなたにまず質問があるの。この学院でルールに従わない転校生がいるでしょう？　病院でボランティアをして、時々、ミーニャの病室を訪ねているようだけど、あなたも親しくしているのね？」

レーリクのことだ。そのあたりのことはナターシャならすぐ調べられるだろう。

「はい。同じクラスなので。……その彼が？」

「……その転校生の父親……本名は秘密なんだけど、通称ドン・ウラジミールと呼ばれている男。スラヴのコルレオーネとして恐れられている元KGBの秘密課報員でね、彼の一番下の息子がその転校生なの。課報員時代にドン・ウラジミールはモルドバからルーマニアのあたりに潜伏していた凄腕《すごうで》の男なの。実は、その男が……今、あなたの弟と同じ病院に入っているのよ」

「レーリクの父親が?」

ドン・ウラジミール……。スラヴのコルレオーネといえば、誰もが知っているロシア一の犯罪組織集団——恐怖のロシアンマフィアだ。

(やはり噂のひとつは本当だったのか。彼がマフィアの子というのは)

ロシアのマフィアには、何種類かの組織がある。イラン国境沿いの民族はヘロインの密売で力をつけ、ジョージアやアゼルバイジャン周辺のマフィアは、民族紛争に乗じて武器の密売をしている。

それから細菌兵器の密売で大きくなった南ロシアの組織。

あとはモスクワの元KGBの凄腕のトップがいるスラヴのコルレオーネと呼ばれている組織で、欧州で最も貧しい国のひとつであるモルドバ、それからルーマニアの地下組織とつながって組織を広げながら、国内の建設業の多くを請け負っている。

各地のサッカー場、スケートリンク、ホテル、鉄道の多くの会社はすべてドン・ウラジミールの息がかかっているとも聞いたことがあるが。

「そのドンが……どうしてわざわざミーニャの病院に。たしか首都モスクワの組織のはずでは」

「モスクワで暗殺されかかったのよ。病院にも刺客が送りこまれ、大変だったみたい。だから、組織の拠点から離れたサンクトペテルブルクの病院に転院してきたわけ。ＶＩＰ対応の建物で治療を受けているわ」

「そう……でしたか」

だから、レーリクはあの病院に顔を出していたのか。あの病院は奥の敷地に一般人が入れない特別病棟があり、鉄条網と高圧線で囲まれ、軍と警察犬によって厳重に警備されている。おそらくそこにいるのだろう。

「末の息子のことは極秘情報なの。彼だけ未成年だから」

つまり表立って見舞いに行くと存在がバレるので、ボランティアとして病院に顔を出していたということか。

「その転校生……どの学校からも編入を断られたのよ。でもここなら安全だと判断し、夫がここの理事長を紹介したの」

「えっ、父さんが？」

「そう、ドン・ウラジミールは、政府の中枢ともつながっていてね。軍にも影響力があるのよ」

「そうでしたか」

「それであなたにたのみたいのは、その転校生の弱みをつかんで、この学院から追いだすよう仕向けること」

「……どうして」

「彼……ドンの後継者としての最有力候補のようなの。どう？　かなり優秀な学生なんでしょう？」

「え、ええ、優秀です」

「そうよね、試験の点数は、国内トップよ。それなのに、わざわざ一般クラスに入って、わざとらしく普通の生徒のふりをして、あなたに近づいて……しかもあなたの異父弟を手懐けたりして……そこになにか深い意図を感じない？」

「……っ」

意図？　つまり彼はあえて最初からなにもかも知っていてぼくに近づいたということなのか？

「彼の家と夫とは、昔からいろいろあってね。だから……何の目的もなくあなたに近づくとは思えないわ」

ルスランの顔がこわばるのを見逃さず、ナターシャは身を乗り出してきた。

「思い当たることは多いでしょう？　彼は最初からあなたを破滅させるために近づいたの

よ。あなたとアダムを地獄に堕とすために」

「――――――っ！」

気づかれていた。ふたりの関係をとっくにナターシャは知っていたのだ。

（……だけど……罠ということはレーリクは……）

本気ではなく、あれは罠だったのか？　なにもかも知っていて、彼はぼくの気持ちを弄んだというのか？

そんなことって……。

瞬間、胸の奥でぱりんと音を立てて氷が割れる気がした。全身が急速に冷えていくような感覚をおぼえ、手足が小刻みに震える。

「まあ、学生時代の恋愛ゲームをとやかく言う気はないけど……相手はちゃんと選びなさい。あなたの将来には期待しているんだから」

「はい……ありがとうございます、気をつけます」

「いいわね、せっかくだからその転校生を罠にかけてちょうだい。鼻を明かしてやるとすっきりするわよ。恋の罠をしかけたつもりでいる転校生が、実は罠にかけられていたなんていい気味でしょう」

クスクスと笑うナターシャに、ルスランは静かに尋ねた。

「そんなに邪魔なんですか、彼が」

するとナターシャは口元から笑みを消し、鋭利な眼差しでルスランを見た。

「学生の間に彼を抹殺したがっている人間は多いわ。ドン・ウラジミールには娘や息子が何人もいて……それぞれ優秀ではあるんだけど、ドンが最も期待しているのがその転校生なの」

「そうですか」

「母親が全員違うから、姉や兄と血のつながりはないわ。兄のなかには彼の暗殺を企んでいるものも多い。きな臭い一族よ。私の実家も警戒しているわ。その転校生が社会に出たとき、いずれアダムの邪魔になるでしょう。だから、ここを早く追い出さなければね。彼の兄や姉に、末の弟がここの学院にいることを教えていいかも……なんて思うこともあるわ」

「ちょっと待ってください、それはつまり……」

「ええ、殺されるでしょうね。父親が入院中の今、彼がこの学院を追い出されたら。何でもいいからスキャンダルが発覚したら、保護者に連絡が行く。兄や姉に居場所を知られるのも時間の問題ね」

「……っ」

怖い人だと思った。

そして悲しくなった。彼が自分に罠をしかけたのかどうかはわからない。もしそうだったとしても、それ以上に、レーリクの背負っているものが巨大すぎて、さっきとは別の、鉛の塊を詰めこまれたような痛みが胸を重くしていた。

『縛られている。だから自由に憧れている』

レーリクの言葉がよみがえってくる。

彼を縛りつけているものは何なのか、怖くて訊いたことはなかったけれど、どう受け止めればいいのかわからなくて、ルスランの目がうるんできた。

「ルスラン、泣くことはないわ、あの男を陥れるのに協力するのは、あなたのためにもなるはずよ」

ナターシャは手を伸ばしてルスランの手をつかんだ。

「レーリクを退学させるのを手伝って。ミーニャの治療費は全額払うわ。来年の一月七日……クリスマスまでに答えを出しなさい。あなたが彼に犯されそうになったとでも言えば、それで済む話。たのんだわよ、ルスラン」

『たのんだわよ、ルスラン』

たのんだわよ、ルスラン。たのんだわよ、ルスラン。

頭のなかから、ナターシャの声が消えそうにない。

気づけば、その週末、彼との待ち合わせのホテルに行かず、ルスランはサンクトペテルブルクの街を歩いていた。

（どうしよう、レーリクを死なせるわけにはいかない。だけど……）

クリスマス……ロシアのクリスマスは一月七日だ。

そのときまでにレーリクを学院から追いだせるように仕向ければ、そのすぐあとに、ミーニャは移植手術を受けられる。

もう十月も終わりの季節。風が冷たい。もうすぐ雪が降るだろう。あちこち黄色い枯れ葉が街を埋め尽くしている。

日照時間は短くなり、エルミタージュ美術館もネヴァ川もイサーク大聖堂も黄昏《たそがれ》を浴び、オレンジ色に煌めいている。

最近、流行《はや》っているのか、街のあちこちにジョージア料理の店が増え、香ばしいチーズの香りがして空腹感をそそられる。

にぎやかな街の中心地ネフスキー通りを進んでいると、ここが自分の故郷で、どうしようもなくなつかしい気持ちになってくる。

街のざわめき。カトリックのクリスマスのシーズンが近いということで、そこ彼処《かしこ》の教会に人が集まり、イベント用に仮装した人や合唱団などにもすれ違う。

そして通りを進み、川の手前までくると、やわらかなパステルグリーンの美しいエルミタージュ美術館にたどりつく。世界中から観光客が押し寄せてくるが、収納されている絵もさることながら、帝政ロシア時代に冬の王宮として使用されていた名残《なごり》の贅美を尽くした建物の内装も、夢のように美しい。

あの美術館は、授業の課外講座で何度も訪れたことがあるが、ミーニャの病室からも、うっすらとこの美術館のシルエットが見える。

『ミーニャ、元気になったら、あの美術館でいっぱい絵が見たいの。ミーニャの大好きな赤いお部屋の絵や、みんなで踊っている絵があるんだよね』

ミーニャの好きな絵……元気になったら一緒に見ようと約束した。

そのためには手術が必要だ。その費用をルスランは払うことができない。

『たのんだわよ、ルスラン』

あの声が重く頭のなかで鳴り響く。そのせいか自分が石畳を歩いている靴音も、街の喧騒も、どこか遠い世界で響いているかのように思えた。

(ミーニャのためにレーリクを陥れる。だけど……レーリクが死んだら……ぼくはどうやって生きていけばいいのかわからない)

だから彼との待ち合わせの場所に行けなかった。

あれからいろんなことを調べた。

レーリクはモスクワを拠点としているロシア最大の財閥でもあり、マフィアでもある一族の御曹司で、父親から最も期待されているようだ。

アンダーボスをつとめている兄がベータであるため、父親からはレーリクを後継者にとすでに指名を受けているらしい。

しかしそれ以降、命を狙われることが多くなったのもあり、モスクワからこのサンクトペテルブルクに移動し、マフィアとは縁がなさそうな音楽学校に通っていた。

そんなとき、彼の父親が襲われる事件が起きた。幸いにも命は取りとめたようだが、レーリクは危険なモスクワから父をサンクトペテルブルクの病院に移動させ、そこにボランティアで出入りするふりをして様子を見に行っていたのだ。

学院にはマフィアの家の出であることを隠して母方の姓を名乗り、ただのバレエダンサーの子として入学したようだ。

レーリクはルスランとは異質な世界の人間ではあるが、似た孤独と枷のようなものを感じるのは、そうした彼の背景があったからだろう。

互いに自由ではない、そして助けてくれる味方がいない、孤独な立場……。

だからこそ、彼といると解放された気がしたのだ。孤独からも、無理をして優等生としての仮面をかぶっている自分からも。

たとえそれが彼のしかけた罠であったとしても、幸せを感じていたことは事実だ。愛を感じていたことも、そしてミーニャが彼を大好きなことも。

「残念……今日はピアノのお兄ちゃんはこなかったんだ」

ネーカちゃんとハチコちゃんを撫でながら、ミーニャはとてもさみしそうにしていた。

顔色はよくない。やはり病状が進んでいるのだろう。

(一月七日までに、レーリクを罠にかけなければ……)

ミーニャの見舞いのあと、ルスランが寮に入ると、あちこちの部屋で学生たちが楽しそうにクリスマスの予定について話していた。

上級生のなかには、もう婚約している者もいるし、適当に街の娼婦たちと遊んでいる者もいるらしい。そんな話題で盛りあがっているサロンの前をルスランが通ると、一瞬でざわめいていた廊下がシンと静まりかえる。

ふだんアダムが規律にうるさくしているため、なにか注意をされるとでも思っているのだろうか。

「ルスラン、そういえば、この前、休日にレーリクと一緒にいなかったか?」

ちょうどむかいからやってきた副総監のハンスが声をかけてくる。

「え……っ」

どきっとした。心臓が跳ねあがりそうだ。

「病院で見かけたよ」

「あ……ああ、偶然会って」

「偶然？」

「彼、ボランティアでピアノを弾いているから」

ルスランは笑顔で答えた。

「スケートのときも一緒にペアを組んでるけど、仲がいいのか？」

「そういうわけじゃないけど、まあ、同じクラスだからね」

「ロシア最大のマフィアの息子だって噂だからな。友人になるのも良し悪しだな」

「マフィアって……ただの噂だろ？」

ルスランはごまかすように言った。

「病院の医師から聞いたんだ。父親、スラヴのコルレオーネだろう？」

「さあ、ぼくはよく知らないんだ」

そんなことまで広まっているのか。

「あの『ゴッドファーザー』の映画と同じさ。待ち伏せされ、蜂の巣にされ、意識不明のまま運ばれてきたとか。死んだら大変なことになる」

「あ、あのさ、レーリクの話はどうでもいいだろう。それだって単なる噂なんだし。その前に歴史の論文は？　大学受験に影響するよ」

冗談めかした口調で言うと、ルスランはサロンをあとにして自分の部屋にもどった。

まずい、噂が大きくなったら。

（マフィアか……）

冷えきった部屋の空気に身震いしながら、机の前に座り、ルスランは論文を仕上げるため、パソコンをひらいた。

そのとき、スマートフォンにレーリクからメッセージが入っているのに気づいた。

――ずっと待っていた。どうしてこなかった？

――ごめん、勉強に夢中で。もうすぐ試験だから。

そう返すことしかできなかった。本当は会いたい。大好きだ。でも。

（彼とは距離を取らなければ）

ルスランはしばらく会えないと伝えるメッセージを送ると、スマートフォンをしまってベッドに横になった。

答えが見えない。自分の気持ちにもやがかかったようになり、ルスランはそっと目を閉じた。

5　雪割草の誓い

――ごめん、今週も無理。課題のために美術館に行くから。

レーリクにそうメッセージを送ったあと、土曜の夕方、ルスランはエルミタージュ美術館にむかった。

来週、提出するのは、美術論だった。

観光シーズンなら、ネットで予約していなければ長蛇の列に並ぶことになるが、観光客の少ない時期なので、予約をしていなくても簡単に入れた。

レオナルド・ダ・ヴィンチ、ボッティチェリ、ラファエロ、ベラスケス、エルグレコ、カラヴァッジョ……名立たる名画の数々を写真に撮り、メモ書きをして、まずアダムのレポート用の原稿を脳内でまとめる。

そのあと、カフェでコーヒーを飲んでから広場を横切ってパステルイエローで統一された新館へとむかう。

こちらは新しくできたのもあり、内装はとてもシンプルだ。収蔵されているのは、シャガール、ゴーギャン、ピカソ、モネ、ルノアール、セザンヌ等々の近現代美術作品が多い。素晴らしい名作がたくさん展示されているのだが、本館ほど人気はないらしく、ことさら閑散としていて、いろんな絵を独り占めして見ることができた。

シンと静まりかえった午後の美術館。自分の足音、息づかいまで響きそうな静寂のなか、ミーニャが特に好きだというマティスの「ダンス」の絵の前に立った。自分の課題に使おうと思って。

五人の男女が躍動している絵——子供が特に好むような絵には思えないけれど、ミーニャはこの絵を見ていると元気になるらしい。

『この青色はお空で、この緑は大地だよね。みんなが手をつないで草原で楽しくダンスを踊っているんだよね。お兄ちゃんとピアノのお兄ちゃんとミーニャとネーカちゃんとハチコちゃんも、こんなふうにいつか手をつないで青空の下でいっぱい踊りたいなあ』

ミーニャはこの絵に自分の叶えられない夢を重ねているのだと思うと胸が痛くなって泣けてくる。いつか彼を草原に立たせたい、元気に踊らせたい。でもそのためには手術が必要だ。そしてその費用のために——。

ぼくはどうしたらいい？　自問したそのとき、静かなフロアの奥——窓のあたりにたたずむ一人の男に気づいた。さらりとした金髪の、長身のその美しい男は……。

ルスランに気づき、彼が近づいてくる。逃げだそうにも縫いとめられたように足が動かず、ルスランは息をふるわせながらその場にじっと立っていた。

「やあ」

「……レーリク、どうして」

「どうしてって、おれも美術論のためにここにきたんだよ」

レーリクはスマートフォンで壁にかかったマティスの絵を一枚一枚撮影したあと、廊下に出て、今度は、窓から美術館前の広場やネヴァ川の風景を撮り始めた。

どうしてなのか自分でもわからないけれど、ルスランは彼と一緒に廊下に出た。こうして彼といるだけでやっぱり心が澄んでいく。彼にひどいことをするように命令されているのに、心に陰りがあるのに、彼のそばにいるだけで、そんなもやもやとした暗いものが取りはらわれ、自分の内側が浄化されていくような気がするのはどうしてだろう。

「レーリク、どうして外の風景まで……」

こんなことが話したいわけじゃないけど、そんなことを尋ねていた。

「めずらしいな、話しかけてきて。おれを避けていると思ったのに」

「そうじゃない。ちょっと誰とも会いたくなかったんだ」

「ミーニャくんもさみしそうだ」

「会いに行ってる」

ただレーリクに会いたくなかったのでいつもより短い時間にしていた。

「おれも行ってる。きみと違う時間に」

「わざとずらして？」

「きみがおれに会いたくなさそうだから」

レーリクが微笑する。

「ところで、絵の課題……きみは、ミーニャくんの好きなマティスにするんだろう？　おれはかぶらないように、カンディンスキー、カンペンドルク、ピカソといった抽象画にするから」

「あの……でもどうして窓の外の景色を」

「約束したんだ、ミーニャくんと。美術館とそこの窓から見える動画を見せるって」

「そんな約束を？」

「もしかすると、ずっと見ることができないかもしれないから見たいって」

ショックだった。レーリクには、そんなことを言うんだ。

「ぼくには……言わないのに。ああ、でもいつもそうだね、『森は生きている』の音楽も本も……いつもきみにたのんでいたっけ」

ボソリと言ったルスランにレーリクはスマートフォンのカメラを向けた。

「レーリク……」

「さあ、なにか一言。ミーニャくんにメッセージを」

「あ……ああ、ミーニャ、元気になったらきっとこられるよ。一緒にきて、ミーニャの大好きな絵を見て、それからケーキを食べて、コンサートに行こうね」

とっさにルスランが笑顔で言うと、レーリクは動画を止めた。

「よし、彼も喜ぶだろう。明日、一緒に見せに行こう」

レーリクはルスランの手を取った。

「レーリク……でも」

「心配していた、ミーニャくんが。おれたちが喧嘩でもしたんじゃないかって」

「え……」

どうしよう、そんな心配をかけていたなんて。

「だから明日は一緒に行こう。今夜は別々のホテルでいいから」

「ごめん……」

レーリクはルスランの肩をポンと叩いた。

「ルスラン、ミーニャくんがきみに風景が見たいって言わなかったのは……きみをわずらわせたくないからだよ」

優しい言葉に、ルスランは顔をあげた。

「彼なりに、きみにこれ以上負担をかけたくないって思っているんだ。おれは彼の友人だから、だからいろんなたのみごとができるんだよ」

ルスランは唇を嚙み締めてうつむいた。

わかっている。薄々気づいてはいた。でも。だめだ、涙が出てきそうになる。

「素敵な関係だね。うらやましいよ、きみたちが。お互いがお互いをとても大切に思っている。いつだって、相手の幸せを願っている。だから力になりたいんだ。そうすることで、おれも幸せな気持ちになれるから」

これは、恋の罠なんかじゃない。彼の気持ちは本物だ。そう思う。それでなければこんな言葉をかけられるわけがない。

「どうして……どうしてそんなに優しいの？」

涙まじりの声で問いかけるルスランに、レーリクは透明な笑みを見せた。

「きみが好きだから……ではダメか？」

目もとを押さえ、ううん、とルスランは首を左右に振った。そして彼の腕に手を伸ばした。

「ごめん……やっぱり同じホテルに行ってもいい？」

見あげると、レーリクが「ああ」とうなずいた。

やはり好きだ。どうしようもなく、彼が好きだ。この気持ちを止めることはできそうになかった。

この先、どうすればいいのか。レーリクを失わず、ミーニャも助かる方法がどうすれば見つかるのか。

十二月になってもルスランから何の連絡もないことで業を煮やしたのか、ナターシャから催促の連絡がくるようになった。

どうもルスラン以外にもなにかしかけているのか、彼への嫌がらせをよく目にするようになった。

前にもスケート靴や体操服への嫌がらせもあったが、最近、またそれが増えてしまったようだ。

あるとき、雪の降る木立のなか、彼の荷物が散乱していることがあった。

「ルスラン、ちょっと手伝ってくれ。肩車するから、木の枝にひっかかっているのをとってくれないか」

図書室からの帰り、レーリクに声をかけられ、何だろうと思って見に行くと、楽譜があちこちに投げ捨てられ、雪の木の枝にカバンやマフラーやコートがぶら下がっていた。

「ひどい、どうしてこんなことを」

レーリクの背に乗って、ルスランは枝に引っかけられていた彼の荷物をすべて集めた。梯子《はしご》を取ってくる方法もあったが、どんどん雪が積もっているので濡れてしまわないように取らなければと急いだのだ。

　今日はものすごい雪だ。しんしんととめどなく降りしきっている。

「ありがとう、助かった。きみはもういいから、先に寮に。このままだと歩けなくなってしまう」

「きみは？」

「まだ楽譜が。来週の試験課題、暗記していないんだ」

「同じものをコピーしたら？」

「細かな書き込みがあって」

「わかった、じゃあ、手伝う」

「大丈夫、いいよ、自分でさがすから」

「まだ遭難するほどじゃない、ふたりでやったほうが早い。急ごう」

「大変だぞ、雪割草をさがす気分が味わえる」

「そうだね、早く集めよう」

　一枚、二枚、と楽譜を集めていく。

　二十分ほどかけてようやくすべて集められたけれど、半分雪に埋もれて、音符がにじんで読めなくなっているものもあった。

「ひどい……」

「まあ、いい、半分くらいは無事だ。さあ、それより急ごう」

たった二十分ほどの間に、雪はさらに深くなっている。もう歩くのが大変なくらいだ。水面が凍りついた小川べりの道を進んでいくと、吹雪《ふぶき》のなか、ぼんやりと寮の明かりが木立のむこうに見えた。もう完全に冬だ。この先、ずっと雪に覆われる。そして雪が溶けるころになると大学受験だ。

「ルスラン、すごい、本物を発見した」

レーリクがルスランの腕をつかんだ。雪のなかに咲いている雪割草を発見したのだ。

「待って、そのままにして」

互いに雪のなかにしゃがみこみ、そこに咲く季節外れの花を見つめる。

白樺の林の頭上からしんしんと雪が降ってくる。

林の先にある聖堂も寄宿舎も学舎もクリスマス前の美しいイルミネーションに包まれているのがうっすらと雪の向こうに見えた。

なのに、二人だけこんなところで真っ白な雪の森の真ん中で雪割草を囲んでむかいあってしゃがみこんでいる。

静かすぎる場所だった。まるで雪によってすべての音が封じ込められたように。

互いに冬用のファー帽子をかぶり、楽譜を抱きしめながら、雪の間に埋もれるように咲いている美しい瑠璃色の雪割草を見ている。

「これ……あの曲の楽譜?」

問いかけると、ふわふわとした雪の向こうで「ああ」とレーリクがうなずく。

「編曲した、もう少し短くしたほうがミーニャくんが聴きやすそうだから」

本当に優しい。すごく思いやってくれる。やはり罠なんかじゃない。

「ルスラン、雪割草の花言葉、知ってる?」

ルスランは首を左右に振った。

「きみは知ってるの?」

レーリクは艶やかに微笑した。

「死んでも離れない」

「本当に?」

意外な気がした。春を待つ花だから、希望、もしくは雪の下で耐えているので、忍耐
……そうした意味の言葉のような気がしていたから。

「すごく情熱的な花言葉だね」

驚いて言うと、レーリクはふっと笑った。

「信じたの?」

「え……」

「きみを驚かそうと思っただけだ」

「……うそなの？」

「知るわけないだろ、花言葉なんて。高校生男子に必要な教養じゃない」

「きみなら知ってそうな気がした」

「なんで」

「普通の高校生男子には見えないから」

「じゃあ、なにに見える？」

なにに……。そんなこと言われても。

「わからない……普通じゃないということしか」

しんしんと降る雪が雪割草を雪で覆っていく。手を伸ばし、雪を払おうとするルスランの手を彼がつかむ。

互いの手は黒い革手袋で包まれている。それだけでそこがあたたかくなっていくような気がした。

あの童話『森は生きている』のように、雪のなかに暖炉が灯っているふうに感じて。

「ルスラン、おれに会いたくなくなったわけ……教えてくれないか」

「それは……」

「おれはきみを脅しているんだぞ。アダムの不正を口にしない代わりに、きみと愛し合いたいって。なのに、しばらく会いに来てくれなかった。美術館で再会するまで。その理由

が知りたい」

泣きそうになった。だが、泣いてしまうと目が凍ってしまうのがわかっていたのでルスランはその衝動に必死に耐えた。

「どうして言えないんだ？」

「……怖くて」

レーリクが眉をひそめる。

「おれがマフィアの後継者だと噂だから？」

ルスランはどう答えていいかわからなかった。

レーリクはなにもかも知っていたのか。

「それでおれが怖くなった？」

ルスランは首を左右に振った。

「そんなことじゃない、怖いのは……」

きみがここから追い出されてしまう事実に加担してしまうことだ。二人の関係がバレたら、きみはここをやめることになる。

そうなったら――殺されてしまう。

言いかけたものの、寒さのあまり唇が噛みあわず、言葉がうまく出てこない。

互いに軍服の上にコートとマフラーを着込み、帽子や手袋もしているとはいえ、頭上からの雪のせいでぐっしょりと濡れてしまった。

「寮にもどろうか」

立ちあがり、レーリクが手を伸ばしてくる。

「そうだね」

だが寮にもどると、門限が過ぎていたせいか、裏も表も施錠されていた。

開けて欲しいと連絡しようとしたが、この寒さのせいでスマートフォンのバッテリーが
二人とも消えていた。

「どうしよう、インターフォンを押しても誰も出てくれない」

「わざと閉め出したのか」

レーリクが呆れたように笑う。

「わざとって、命に関わることだぞ」

「死にはしないさ、池の向こうの教会でなら暖が取れる。アダムもそれをわかってのことだろう。それにきみに死なれたら、彼、この先の試験に困るからね。ただきみとおれに罰を与えたいだけさ」

「罰？」

「そう、門限破りの」

「つまらない、くだらなさすぎる」

ガチガチと震えながら言うルスランの手をつかむと、レーリクは雪の道を歩いた。そこから歩いて数分のところにある、学院付属の正教会は扉が開いていて、オイルヒーターのぬくもりがうっすらと感じられた。

完璧なあたたかさではないけれど、外にいたら凍死してしまう。

周りには、イコン。聖人たちの絵の前の蠟燭《ろうそく》に火がついている。さっきまで神父がいたのだろう。睡眠前の晩堂課をちょうど終えた時間帯だ。

「午前三時に早課にくる。そのとき、事情を話して、寮に戻してもらうか、どこかで休ませてもらおう」

木製のベンチをオイルヒーターの前に運び、二人でそこで寄り添って寒さを凌《しの》ぐことにした。

レーリクが雪で濡れた楽譜をヒーターの前に並べていく。それを見ていると腹が立ってしょうがなかった。アダムたちに対して。と同時に、彼に隷従している自分に。

なぜぼくはレーリクを犠牲にしないといけないんだ？　レーリクだけがぼくの世界で美しく透明なのに。それなのに卑劣なアダムのような人間のために、レーリクを排除しなければいけないなんて。それに協力をしないといけないなんて。

「うんざりだ、なにが将来国家を背負うエリートアルファだ。こんなくだらないことしかできない集団なんて……いっそ……」

なくなったらいいのに……と言いかけたルスランの肩を抱きよせ、レーリクが唇を重ねてきた。続きの言葉を封じこめるように。

「ルスラン……ダメだ、それ以上は口にするな。盗聴器がないともかぎらない」

唇を離したあと、そっと耳元でレーリクがささやく。

「すまない、不用意だった」

そうだ、各個室でさえ監視されているのだ。安心できる場所はどこにもない。

すべての楽譜を並べ終えると、レーリクは静かに言った。

「ここにいる人間は、みんな、競争に晒されている。誰かを落とせば自分がのしあがれる。アルファというのは、闘うようにできている」

昔は、母の姿を見て、オメガというのはとても大変だ、アルファでよかったと思うこともあった。

けれど、今はどちらも変わりない。

特権階級として優遇はされるものの、その内側にあるのは、より強く、より高く、より上に位置する存在になるための凄絶なアルファ同士の過酷なレース。

ただの競走馬でしかない。同じランクのオメガと見合いし、子供を作るように管理されているのも、さながら種馬だ。人を好きになることすらままならない。

「誰に認められなくてもいい。ルスランといるだけでいい。このままで」

手を伸ばし、レーリクがぎゅっと手をにぎりしめてくる。切なさがこみあげてきた。

「ルスランとこうしているだけで幸せな気持ちになる。適度に勉強して、ピアノを演奏して。この箱庭のような世界は、外よりもずっと平和だから」

箱庭……彼にとってはそうかもしれない。

ここでの嫌がらせなど、外の世界での厳しさよりずっとマシなのだろう。

——いっそここで雪に閉じ込められ続けたらいいのに。

あと数時間後に神父がやってくるなんて。

「よかった、電源がある。電波は届かないし、Ｗｉ‐Ｆｉも入っていないけど、充電さえできたら、神父がこなかったとしても、外に出て寮に連絡をとることもできる」

レーリクはそれぞれのスマートフォンを電源につないだ。

そのとき、あたりに霧がかかっていることに気づく。

濃密な霧が、教会の周りを包んでいた。大吹雪《ふぶき》の上に、白っぽい膜が生き物のように自分たちを取りかこんでいるように見えた。

「どうしよう、霧が入ってきている」

どこかに隙間があるのか、堂内にももやが広がり始めている。

「冷えてきたな……」

何度も何度も風が窓を打ったそのとき、パッと明かりが消え、蠟燭の明かりだけの暗い空間になった。

「電源が落ちたようだ」

「え……」

それではヒーターも止まってしまう。ここには暖炉はあるものの使用された形跡はないし、使えないよう蓋をされ、南京錠《なんきんじょう》で封印されている。

　それにスマートフォンの充電もまだ数パーセント程度だ。

「っ！」

「大吹雪が来そうだ。神父は落ち着くまでもどってこないだろう。多分、明るくなって状況を見てからしか」

「それなら、今のうちに寮にもどって、誰か気づかないかドアや窓を叩いてみても」

「いや、遭難させるつもりで締めだしたんだ。開けてくれるわけがない。暖炉に火をつけてここでじっと嵐がおさまるのを待ったほうが」

「だけど封印されている。鍵がないと」

「このくらいなら開錠できる」

「本当に？」

「ああ、父の金庫を何度も開錠したことがある。……他にも……昔、逃亡したときに」

「家から？」

「あ、家からも何度か。それ以外にも」

レーリクは少し虚ろなまなざしで南京錠を見つめた。その思いつめたような表情にルスランが小首をかしげると、彼はハッとして笑みを作り、コンコンと錠をノックした。

「大丈夫、このくらいならいける」

「よかった」


「とにかく朝がくるまでこの正教会で過ごそう。幸い水はあるし、おれのカバンにカシスショコラのカップケーキが六つほどある」

「カップケーキ？　ミーニャの好きなメーカーのではなく？」

「ああ、試作品だ」

「試作品て、きみが？」

「以前に言っただろ、一月七日、クリスマスのきみの誕生日にプレゼントするって」

「え……」

レーリクは道具室のカーテンを外して暖炉の前に敷き、ルスランを座らせ、カップケーキの入った袋を手渡した。甘いショコラとカシスの香りがする。

「それ食べて待ってろ、すぐにあたたかくする」

レーリクは聖堂にあった壊れかかっていた木製の椅子を足で蹴って解体したあと、針金を使って巧みに南京錠を外し、タバコと一緒にしまっていたライターを出して、祭壇にあった精油を椅子にかけてそこに火をつけた。

「さあ、これで大丈夫だ」

火が燃え始め、ほんの少しのぬくもりではあったが、生きた心地がする。

けれど雪に濡れていたせいか、身体の感覚はなく、ルスランの唇はうまく合わない。

ぷるぷると痙攣したように震えるルスランの髪をレーリクは自分のマフラーで拭おうとしてくれる。

「いいよ、きみも濡れているのに」

「このくらい平気だ。頑強なロシア人だから」

「ぼくだってロシア人だ」

「だが、逃亡生活など経験ないだろう?」

「逃亡?」

レーリクはうなずき、目を細めて暖炉の火を見つめた。さっきと同じ。冷たく思いつめた表情をしている。

「子供のとき……七、八歳のとき、誘拐されたことがある。凍りそうなほどの寒さのなか、監禁現場の鍵を壊して飛び出し、狩猟小屋に一週間ほど隠れていて……」

「ひとりで？」

一瞬、とまどったような表情を見せたあと、「兄と」と消えそうな声で言った。

「実の？」

母の違う兄と姉が何人かいると聞いているが。

「……」

こんなレーリクは初めてだ。これ以上、踏みこんではいけない気がして、ルスランは口をつぐんだ。

どうしたのだろう、彼の心をおおっている固い氷壁のようなものの存在を感じる。その心には凍った扉がある。絶対に解けない永久凍土のような冷たさ。初めて彼と自分との間になにか隔たりがある気がしてふいに心が空っぽになるような感覚をおぼえた。

じっと見つめるルスランの視線に気づき、レーリクはまた淡く微笑した。

「まだ完全にあたたかくはならないな。おれのコートを」

レーリクはコートでルスランの身体を包もうとした。

「きみも寒いだろう。一緒に。寄り添おう……ケーキも一緒に」

目を細め、レーリクはルスランのほおに手を伸ばしてきた。

「きみは本当に優しいな」

改めてそんなことを言われると、逆に不安になり、ルスランは視線を落とした。今さっきの表情……漠然としたものだけど、彼に隔たりを感じた気持ちが心を軋ませている。

「そうでもないよ。ただ許せないだけだ、あいつらが。あの卑怯なアルファたちが」

停電で、盗聴器も監視カメラも作動していないだろう。だから本音を口にした。

「楽譜なんて放っておけばよかったのに。おれなんて助けようとしなくていいのに」

「どうしてそんなことを言うんだ」

「ミーニャくんのために、替え玉受験したり、おれのためにも耐えてくれることがあったり……どうして他人のためにそこまでできる？」

どうして……そんなこと言われても。

「愛している相手を大切にしたい……そう思うのは間違っているのか？」

不安に後押しされ、思わず秘めた想いを吐露すると、レーリクはせつなげに目を細める。

ようやく明々と燃え始めた暖炉の火が二人のほおを照らしている。

「……初めて聞いた、きみがおれを愛してくれていたなんて」

「ごめん……迷惑だった？」

「ああ」

「……ごめん」

やはり彼の心に氷壁があるのかと思ったが、そうではなかったらしい。レーリクはこれまでにないほどあたたかな眼差しでルスランを見つめ、幸せそうに微笑した。

「そういう意味じゃなくて…そんなことを言われると……きみと結婚したくなるから」

「え……」

「いや、それよりケーキを食べて」

「あ、うん」

ケーキを取りだすと、それをレーリクが手に取って二つに割った。

「このハニーホイップもおれの手作りだ。食べて」

カシスの粒がそのまま残った蜂蜜のハニーホイップとショコラの二層になったクリームが挟まったバターがたっぷりのカップケーキだ。

噛み締めると、その二層のクリームが心地よく溶け合って、やわらかくて優しい甘酸っぱさが口の中に広がっていく。なんておいしいんだろう。こんなケーキは初めてだ。

「信じられない、奇跡のようにおいしい」

「本当に？」

レーリクがふわっと微笑する。いつもと同じ彼の澄んだ笑みにほっと安堵の気持ちが広がっていく。さっきのは気のせいだったのかもしれない。停電、それから吹雪に閉じこめられてしまった心細さが産んだ不安……。きっとそうだ。

「うん、すごく」

「きみの誕生日までにもう少し腕を上げて、この上に生クリーム入りのハニーホイップをのせて、カシスショコラで作った雪割草にピスタチオを添えて完成させたい。ミーニャくんも一緒にパーティをしよう」

想像しただけで笑顔になってしまう。

「いいの？」

「おれがそうしたいんだ。そしてその夜、一緒に郊外の別荘ホテルに泊まろう。エカテリーナ宮殿の見える湖岸の小さくて素敵なホテルを貸し切る。ホットリキュール入りのカシスショコラを飲んで、その夜だけ、おれの花嫁になって」

「え……」

「アルファ同士の結婚なんて許されないのはわかっている。だから、どう？　この先、ふたりの世界が隔てられることがあったとしても、毎年、きみの誕生日だけは、そこで二人だけで過ごせたら幸せだけど」

幸せ……。

その意味を考えたことがこれまであっただろうか。

この恋に未来はない。ミーニャの医療費やナターシャからの命令といった問題だけでなく、禁止されているアルファ同士という根本的な現実がふたりに幸せな未来がないことを突きつけてくる。たとえ生涯、愛を貫いたとしても秘め続けなければいけないことに変わりはない。でもだからこそ一年に一度でも確かな時間を約束したいというレーリクの言葉に、救われたような幸福感を抱いている。

ずっと想いを持ち続けようと言ってくれているのだ。じわじわと目が潤み、胸があたたかくなってくる。『森は生きている』の少女が雪割草を見つけたときはこんな気持ちになったのではないだろうか。

「それで十分だよ。たとえ一日しか会えなくても、残りの三百六十四日間、幸せでいられるから。きみへの愛、その愛が自分の心に咲いていることが一番の幸せだから。あの花のように、一年に一度だけ雪の間から見えるだけでも、花が生きていることに違いはないもの」

大事なことはちゃんと伝えよう。心を解放して。今しかできない気がした。

「ルスラン、きみ、ちょっといじらしすぎないか？　おれに力があれば……いっそ独裁者だったら、一瞬でこんな社会変えてやるのに。二度と雪が降らないくらい暑苦しく、熱っぽく、きみを溺愛したいから」

「いやだよ、独裁者なんて忙しくて大変だよ。きみは今のままでいい」

そう言うと、レーリクはほおに手を伸ばしてきた。

「たとえばきみは……おれがみんなが噂しているような、マフィアの息子や詐欺師やスパイや男娼だったらどうだ？　それでもおれといて幸せな気持ちになれるか？」

ルスランは苦笑いした。

「知ってるよ、きみが何者か」

やはりそうだったか……といった様子で、レーリクは小さく息をついた。

「おれが嫌になった?」

まさかとルスランは首を左右に振った。

「そんなのどうだっていい。きみは?」

「そう、おれも。きみはきみだから」

きみは……きみ。その言葉が胸に響き、鼓動だけが激しく脈打っていた。

全身の血が騒然となるような、そんな状態の自分をもてあましていると、レーリクが小声で問いかけてきた。

「抱いていい?」

背筋がぞくりとして、息を震わせると、レーリクにくちづけされ、そのまま彼に抱きしめられる。

「ダメだ、ここは学院だ。停電で盗聴器や監視カメラは作動していないと思うけど、それでもきみの部屋のように安全な場所じゃない」

「だから?」

「バレたら破滅する」

レーリクはふっと目を細めた。

「そのときは……おれが無理やりきみを犯そうとしたことにすればいい」

「そんなことできないよ」

「いいから。そのつもりできみを恋人にしたんだ。おれは破滅したっていい」

「……っ」

破滅ならルスランも恐れていない。自分ひとりならこの恋のために死んでもいいとさえ思う。ただ無邪気な笑顔で、自分を慕っているミーニャを思うと。

「レーリク……ぼくだってちゃんと覚悟した上で、きみとつきあうことにしたんだよ。万が一のことがあったとしてもきみだけを犠牲にはしない」

「それはダメだ。きみには守らないといけない相手がいる。大事な異父弟が。おれは、彼への愛情深い姿もふくめて、きみという人間を好きになったんだ」

その言葉にどうしようもないほど胸が騒いだ。こんなに愛してくれる人間が他にいるだろうか。だからこそ守らなければ、と思った。ミーニャだけでなく、レーリクも。そのためにどうすればいいのかを考えよう。ナターシャに答えを告げる前に、なにか方法がないか。

そう決意したルスランと同じように、なにか思うことがあったのか、レーリクは口元から笑みを消し、まじめな表情でじっとこちらを見つめてきた。

「ルスラン、大学進学試験の前に、話したいことが……」

「え……」

小首をかしげて彼の言葉を確かめようとしたとき、すきま風に寒さを感じてルスランは身震いした。ハッとした様子で寒さから守ろうとするかのようにレーリクはルスランをすっぽりと抱きよせた。

「いや、試験が終わってからにしよう。大学はどこに行くか決めたのか」

「このまま上の大学に」

それ以外に道はない。

「それ、きみが本当にしたいことなのか？」

「……」

「おれは大学には行かない」

「そんな……もったいない」

「興味ない」

「チャイコフスキー音楽院は？」

「そこまでうまくない。それより仕事をする。自分が生きていくための」

「……レーリク」

深刻な顔でルスランを見つめ、両肩をつかんでレーリクは祈るように言ってきた。

「やっぱり今、言っておく。聞いてくれ、ルスラン」

「あ、ああ」

「なにもかもおれに任せてくれ。ミーニャくんのことも含めて……」

「え……」

「きみを解放したい」

「どうやって、高校生なのに。まだなにもできないのに」

「だから大学には行かない」

「そんな……」

「それがおれのしたいことだ」

「犠牲にしたくない」

「犠牲じゃない、喜びだ」

話しているそばからレーリクはそっとルスランの前髪に手を伸ばしてきて、その優しい仕草に胸が甘く疼く。瞬きを忘れて彼を見ていると、レーリクはルスランの前髪を指で掬《すく》って、そこにキスしてきた。

「その代わり、約束しろ。絶対にオメガと結婚しないと」

「え……」

「きみがオメガを抱くなんて許せない。誰も抱くな。誰からも抱かれるな。おれだけのものでいてくれ」

オメガと。

しかるべきオメガとつがいになれと言われる可能性は高い。たとえ彼を愛していても誰かを抱かなければならないのに。

父やアダムからその相手との間に子供を作れと命令される可能性も。

「さっきと話が違う。ぼくの誕生日だけでもって……言ったのに。どうして急に」

「冷静に考えたら、そんなのは嫌だと思ったんだ。やっぱり耐えられない」

「一年に一度でもいいって言ったばかりじゃないか」

「すまない、おれは、そっちがいいと思ったら、舌の根の乾かぬうちにあっさり前言撤回できる性格なんだ。やっぱり嫌だ。約束してほしい、一生、おれ以外と触れあわないって」

「そんな約束……できるわけがない。未来のことなんてわからない。でもここにいる間だけは……」

「ダメだ、愛もないのにオメガと見合いをするな。おれもしない。世間に認められなくてもいい、法で保証されなくてもいい、神に誓え、おれの花嫁でいると」

せっぱ詰まったようなレーリクの言葉が狂おしく、そしてどうしようもなく愛おしい。誓わなくても多分そうなると思う。自分は決して器用なタイプではない。レーリクを愛したらレーリクだけ。だけどそれを今この場で誓うなんて。

うううん、やっぱり誓いたいと思った。同じだ。自分の考えも二転三転してしまう。好きな相手が喜ぶなら。それは同時に自分の幸せでもあるから。

「じゃあ、これはウェディングケーキだ。ちょうどここは教会だし」

「そうだね」

「きみが先に前に行って」

「いいの？」

ロシア正教では、先に行ったほうが結婚後の主導権を握ると言われている。

「きみに従うよ」

レーリクはカバンから白いハンカチを出してベール代わりにルスランの頭にかぶせる。そのまま二人で立ち上がって、中央の祭壇の前へ進み、それぞれ片方の手に蠟燭を持つ。

「これは指輪の代わり」

カップケーキを飾っていたリボンをほどいて、それぞれの薬指に結ぶ。

「さあ、頭の中で、あの音楽を想像して。『雪割草のアダージオ』……雪のなかに咲く花を見つけた少女のように」

そうだ、レーリクは自分にとっての雪割草だと思った。

「くわしい作法は知らないから、誓いのキスで……いいな？」

「誓う、誓うよ」

「いいよ」

「あ、そうだ、きっと彼らだけは喜んでくれるよ」

レーリクはスマートフォンを抜き取って電源をつけ、祭壇に置いた。

そこにはミーニャの写真。彼がネーカちゃんとハチコちゃんを両手で抱いて笑顔を見せている写真があった。

「十パーセントしかないから、すぐ消えるかもしれないけど」

ああ、とても幸せそうなミーニャの写真。幸せそうにぬいぐるみを抱きしめている姿を見ていると、今すぐにでも会いに行きたくなる。

スマートフォンに写ったミーニャに見守られながら、レーリクと誓いのキスをする。

なにもかもがとても愛しくて、胸が詰まった。

蠟燭と暖炉の灯りが照らす聖人たちのイコンが見つめる小さな祭壇前。青や金色や赤のイコンが炎を反射し、すべての光が夢のように美しく揺れている。

そして頭のなかで、あの音楽を奏でさせていく。

ラフマニノフの交響曲二番アダージオ。レーリクが病院のホールで演奏していたとき、全ての音がきらきらと煌めいているように感じた。

まるでふわふわと降ってくる雪を照らす光のイルミネーションのように。

永遠に続くような美しい音楽、それを奏でていた美しい指が、今、ルスランの手をにぎりしめている。その指のあたたかさが愛しい。他者というのはこんなにも優しいぬくもりを持っていたのかと改めて知った。

それだけで彼への愛しさが胸をいっぱいにしていく。

写真の中のミーニャに見守られながら、そっと唇を重ねる。

このいつ終わるともわからない二人の関係……。

どれほどレーリクを愛していても、永遠に続けられることはないけれど。

ここにいる間だけだ。そう思っていたが、一年に一度の誕生日のことやこんなふうに未来にむけての確かな約束を重ねていくと、二人の間に深いつながり、深い絆が持てる気がして泣きたくなるほど嬉しかった。


しかしそれはたった一夜の幸せだった。

翌日、教会につけられていた隠し撮りのカメラによって二人の関係が発覚してしまったのだ。アダムが狙って暖炉のあたりにつけていたらしい。音声は入っていなかったし、電源が途中で落ちたこともあり、一瞬、二人がキスしたところしか写っていなかったようだが、それが大きくひき伸ばされた写真となって寄宿舎の壁に貼りだされ、二人は門の前のゲストハウスに呼ばれることになったのだ。

6　レーリクの真実

それぞれ別々に保護者とともにゲストハウスへと向かう。レーリクには彼の異母兄ティム。ルスランの保護者としてはナターシャが来ていた。

「よくやったわね」

ゲストハウスに入る前、ナターシャはルスランに近づき、耳打ちしてきた。

「おまえは何とか残れるようにするから、反省していると言い続けるのよ。彼は退学決定よ。反省の意思はなしみたいなので」

「退学？」

「そう、門をでた瞬間、彼の人生は終わるわ」

「――――っ！」

血の気がひき、目の前が真っ暗になる。どうしよう、このままだと。

「さあ、行きましょうか」

退学になったら彼は大変なことになる。兄や姉から殺されてしまう。

だが、ここで真実を告げたら、ルスランも退学になってしまう。そうなったらミーニャはどうなるのか。彼は移植手術が受けられなくなる。

応接室には、院長の他にも教職員、それからナターシャと父の秘書がいる。

レーリクの傍らには彼の異母兄のティム。ベータだが、アルファのような長身の強面の男だ。まったく隙がない。おそらく平気で人を殺させる人物だ。もしかすると彼の父親を狙ったのも、異母兄のティムかもしれない。

ナターシャとティムが目配せをしている。もう決めているのだ、外に出た瞬間にレーリクを抹殺することを。

レーリクとミーニャ、ふたりの命がルスランの言動にかかっている。両手に比べようのないものをのせた天秤は、どうすれば両方とも失わずに済むのか。

ルスランがそんな思いに駆られている一方、レーリクはもうずっと覚悟を決めていたように全員が席に着くなり、口をひらいた。

「今日で学院をやめます。おれが勝手に彼にキスをしただけです。反省もしていません。学生のみんなに訊いてもらえればわかります。ふだんから、おれがルスランに言い寄っていたのは周知の事実です」

「レーリク、たしかにきみは論文の相談などもルスランにしていたようだが……アルファ同士の恋愛が禁止されているのは承知の上でのことだな」

「はい」

きっぱりとしたレーリクの返事に、院長が深々とため息をつく。

「では、残念だが、きみは退学ということに。ルスランには、一週間ほど反省室にこもってもらうことにしよう」

退学……。だめだ、それだけは。彼が殺されてしまう。でもここでそれを口にすると、ミーニャが助けられない。なにか方法はないのか、なにかレーリクを保護する方法は。

（……そうだ……あれがあった……）

そのとき、レーリクを守れるかもしれない唯一の方法が頭をよぎった。もしかすると、一生、彼から憎まれるかもしれないけれど、それでもこの方法なら、彼の命を守ることができる。門を出るときに狙撃されないで済む。

（……いい、憎まれても。ぼくが愛してさえいれば。ごめん、レーリク。恨んでも憎んでもかまわないから）

ルスランは立ちあがった。一瞬、レーリクを見たあと、すぐに視線を逸らして院長をじっと見据えた。

「院長先生……すぐに警察を呼んで彼を逮捕してください。退学だなんて生ぬるいことをぼくは望んでいません。彼は犯罪者です」

ルスランの口から出た言葉に、その場にいた全員が驚いたような眼差しを向けてくる。

一体、なにを言うのか——といわんばかりに。

「ルスラン……」

信じられないものでも見るような眼差しでレーリクがルスランを見つめる。ルスランは彼を強くにらみつけ、そして指差した。

「即刻、逮捕して警察に。彼はぼくを無理やり犯しました。痕跡もあります。だから彼を逮捕してください」

ルスランが言い切った瞬間、レーリクはふっとおかしそうに笑った。一体、なにがそんなにおかしいのかわからないが、部屋に響くほどの大きな声をあげて笑った。

ふたりの関係を終わらせた、ルスランの発言を嘲笑《あざわら》うかのように。

その日、レーリクの逮捕とともにルスランのはかない禁断の恋は終わった。

†

あれからどのくらいの歳月が過ぎたのか。また白夜の季節がやってきた。ふたりで明るい夜を過ごしたときから、もう一年半が過ぎようとしている。

サンクトペテルブルクの市街地にあるオフィスビルの上階から、ルスランはじっと黄金色の波を輝かせているネヴァ川を見下ろしていた。

川のむこうには、ふたりで行ったパステルグリーンのエルミタージュ美術館が見える。観光シーズンということもあって今日も大勢の客でいっぱいだろう。

（あの日からまだ一度も行ってない。どうしてもレーリクを思い出してしまうから）

あのあと、レーリクは逮捕され、未成年専用の教育院という名の少年院に収容された。多くは執行猶予がつくのだが、レーリクは本人に反省の色なしということで、しばらくそこで労働をして過ごすことになったとか。

だがその後、退院したマフィアの父親の力で釈放されたらしい。

一年半前のあの日、ルスランはレーリクが逮捕され、警察車両で護送されていくのをゲストハウスの窓から見とどけた。

レーリクは言い訳をしなかった。それどころか、ルスランの言ったことをすべて認めた上で、反省する気はないので、逮捕すればいいと笑顔で言った。

『ルスランの言う通りです。おれは、欲望のまま、彼に犯されました。反省はしていません。ここで引き離されたとしても、悪霊となって彼を不幸にするかもしれません。ですから、どうか逮捕してください』

大雪の日だった。

幹いっぱいに雪をまとった枝が冬の風にさわさわと揺れ、雪を散らしていた。

彼が塀のなかに連れて行かれるのだと思うと、寒々しい幸福感に包まれた。これで殺されない。門の前で暗殺されることはない。警察が守ってくれる。この国の警察が信頼できないのはわかっているが、少なくとも、ティムやナターシャにはルスランの行為は予想外のフェイントとなっただろう。結果的に、門を出たところで彼が狙撃されることはなかったのだから。

(……彼が生きている……それだけでいい)

あれから一年半……今まだはっきりと思い出す。銃口をむけられ、生徒たちの人だかりができるなか、彼が警察車両に連行されていく。

複数の警察官がぐぃっとレーリクの腕をつかみ、手錠をかけていた光景に胸が痛んだ。

『やはりな。いつかなにかやると思っていたよ』『元々人殺しだって噂だ、ああいうやつなんだよ』『前はオメガを襲ったって聞いたけど、今度はアルファか』などといい加減な言葉の揶揄《やゆ》が聞こえるなか、レーリクの口元には不敵な笑みが刻まれていた。

そんなことはどうでもいい、気にしないという意味の笑みなのか、それともルスランの突然の裏切りに対する自嘲の意味の笑みなのか。

あれが最後に見たレーリクだった。その後、マフィアの父親のもとに行き、彼がなにをして、どんな暮らしをしているのかわからない。

あれからミーニャの移植手術は成功したものの、まだ今も彼は病院で過ごしている。まだ別の手術の必要があるからだ。それでももう少ししたら病院の外に出られるようになるかもしれないと医師から聞いていた。

（その点は……ナターシャに感謝している。ただの高校生のぼくには、ミーニャにそれだけの医療を提供することはできなかったのだから）

高校卒業後、ルスランはナターシャにたのみ、彼女が役員をつとめている鉄鋼会社の仕事に就くことを許された。

アダムの大学受験を替え玉として受験することを条件に。

ちょうど父が体調を崩し、入院したのもあって、強く反対されることはなかった。それどころか逆に、そのほうがいいかもしれないとして背中を押してくれたのだ。

そしてアダムは大学にトップで進学し、ルスランは会社で働くようになった。大学には行かず、一刻も早く会社の仕事を覚えようと思っていた。

そのほうがミーニャの役に立てると思ったからだ。外に出られるようになったとしても、ミーニャは、ずっと病気をかかえたままだ。他のオメガのように国立の学校に進学することはない。子供が作れない以上、この社会の当たり前のレールには乗れない。

だからルスランは少しでも早く社会人になり、自分の力で彼を守れるようにここで力をつけようと考えていた。

体調の悪い父は、実は末期癌《がん》で、もう長くないと医師から言われていた。それもあり、一刻も早く自立できるようにならなければと思っていた。

もう二度と愛する人間を犠牲にしないためにも。無力な学生ではいたくない。あんなことは二度としたくない。

そう胸に誓いながら、ルスランはオフィスに残って遅くまで仕事をしていた。白夜の季節なので、今が何時なのか意識しないままパソコンにむかっていると、ルスランさま……と、誰かが名を呼んだ。ノックの音とともに扉の外から秘書の声が聞こえてくる。

「ルスランさま、入ってもよろしいでしょうか」

ナターシャの紹介で入社したバルチカ鉄鋼。ルスランはそこの役員の一人になっていた。サンクトペテルブルク本社で、貿易会社との商談を進める部署で働いている。

「ルスランさま、アメリカの鉄道会社との取引ですが、今回、モスクワの商社が仲介に立つことになりました。そのことで少しお話が」

大手鉄道会社との取引のことだ。会社にとって最も重要な取引になるのだが、その企画書や商談の内容が手渡されたタブレットにぎっしりと記されていた。

「この商社……シドレフ商会という名はまさか……」

タブレットの画面をスクロールし、ルスランは思わず息を吞んだ。

「経営者の名は、レフ・ウラジミールヴィチ・シドレフ。あなたの同級生だった男ですね」

「レーリクがこんなところに……」

一瞬、言葉を失い、ルスランは手にしていたタブレットを落としそうになった。

「マフィアだぞ。ここと取引するのか」

「マフィアが企業を経営するのはよくあることです」

確かにそうだが。サッカー場やスケートリンクの建設もこの国ではすべてマフィアが関わっている。

「今、彼とご連絡は？」

いや、とルスランは首を左右に振った。

「顔色が悪いですよ。肉体を支配された相手との商談で動揺されるのはわかりますが」

その皮肉まじりの言葉にルスランは肩をすくめた。

「侮辱するな」

「侮辱はしていません。真実です。アルファなのにアルファに犯されたというあなたの過去は消えません」

あの事件以来、そう言って揶揄されることは多い。覚悟の上で自分からそう言ったのだが、色眼鏡で見られ、迫られそうになることもある。

激しい眩暈《めまい》を感じながらも、秘書に動揺を知られたくなくて冷静に問いかけた。

「これはもう決定事項なのか？」

「ええ、鉄道会社は今回の取引のすべてをシドレフ商会に委託するとして委任状を出してきています。シドレフ商会は取引のことで代表がサンクトペテルブルクにきて、交渉をしたいと言ってきています」

「委任状があるのなら仕方ない」

「取引の担当者に、あなたを指名してきています」

「ぼくを？」

「そうでなければ、鉄道会社の仕事は別の鉄鋼会社と取引すると」

ルスランはごくりと息を呑んだ。レーリクは昔のことへの復讐でもする気なのか。

「わかった。それでいい。交渉の場にむかう」

こんな形で再会することになるとは。果たしてどうなるのか。

秘書が出ていくと、ルスランは本社のパソコンのデータからシドレフ商会についてありとあらゆるデータをさがした。

資料のなかのひとつ——新聞記事にはレーリクの写真も載っていた。上質そうなスーツを身につけたレーリクは、制服を着崩していたころのような尖った雰囲気はなく、洗練された優雅な青年実業家といった雰囲気に感じられた。

（今回の申し出がただのビジネスではないことはわかっている。きみは……悪霊となってぼくを不幸にするために来てくれるのか？）

記憶に残るレーリクは、とても知的で優しく、気づかいにあふれた生徒だった。

なつかしくて愛しい。目を閉じ、ルスランは記憶の襞《ひだ》に埋めこまれた一年半前の思い出の結晶を掬いあげてみた。

『愛している』

レーリクの声の響きが好きだ。低い声のトーンも、少し皮肉めいた感じのことを口にするときの話し方も、一年半経っても、あざやかに鼓膜のなかに刻みこまれている。

今も同じくらい好きだ。だからうれしい。たとえ彼が自分を不幸にするためにこの仕事を持ちかけたのだとしても、どんなことをされても喜びをおぼえてしまうだろう。

ルスランはパソコンの電源を落とし、窓から見えるサンクトペテルブルクの街並みを眺めた。

また白夜の季節だ。ネヴァ川の水面は銀色にきらめいている。川べりで風に揺れる木の影に金髪の男が立ち、こちらを見ている気がしてルスランははっと窓に近づいた。

――レーリク！

一瞬、彼のように見えたが、川べりを歩いているのはレーリクではなかった。けれどルスランは白樺の木の下に立っていた同じような金髪の男の光景を覚えている。

白夜の光を感じながら、何度も愛しあった。束の間だと思ってはいたけれど幸せで仕方なかったひととき。今も狂おしくあの時間をおぼえている。

その週末、ミーニャの見舞いに行くと、以前よりもだいぶ顔色がよくなっていた。それだけではなくとりわけ元気そうでうれしくなった。

「ミーニャね、すっごくうれしいことがあったの、見てみて」

ミーニャの二体のぬいぐるみの服が新しいものに変わっていた。

「新しいネーカちゃんとハチコちゃんのお洋服。ピアノのお兄ちゃんがくれたんだよ」

「え……ピアノの？」

「ほら、そこにいるよ、ピアノのお兄ちゃん」

ニコニコ笑ってミーニャが戸口を指差す。恐る恐るふりかえると、一人の男が病室に入ってきた。姿を見ただけで鼓動が跳ねあがりそうになり、身体はピクッと震えた。

「ひさしぶり。元気そうじゃないか」

思い出さない日はなかったその甘く優しい声の響きに、ますます鼓動が大きく脈打つ。

さらりとした金髪、紫がかった蒼い瞳、それからモデルのように綺麗な姿は以然と変わらない。淡い微笑も、少し首を傾けたようにしてこちらを見る姿も。違うのは、制服ではなく、黒い上等そうなスーツを着ていることだ。

声が出せない。唇は恥ずかしいほどわななき、目元もヒクッと震え、涙腺が今にも決壊しそうになっていた。

一年半ぶりの再会がこんなに急に訪れるなんて。まばたきもできずにいるルスランから視線をそらすと、レーリクはミーニャにほほえみかけた。

「ミーニャくん、はい、楽譜」

「わあ、ありがとう。すぐに弾いてみるね」

ミーニャは部屋にある小さなピアノの蓋を開けた。最近、新調したばかりのアップライトピアノだ。

「お兄ちゃん、ミーニャね、ピアノのお兄ちゃんからピアノを習うの。ピアノのお兄ちゃん、毎週日曜日にね、ここで子供のためのピアノ教室をひらくことになったの。ミーニャはね、一番最初の生徒になるの。すっごくうれしいんだ」

ミーニャが二体のぬいぐるみとともにレーリクに抱きつく。彼は昔のような笑顔でミーニャを抱きしめた。

「教室？　商社の代表が？　どういうことだ」

ようやく言葉を絞り出せたが、そんなことしか言えなかった。

「言葉通りだ。ここでミーニャくんにピアノを教えるんだ」

「それは……復讐？」

「どうして？　子供のためのピアノ教室をひらくのに復讐だなんて」

「ぼくがきみにしたことを考えると……」

「そうだね。でもミーニャくんはきみとは関係ないだろう？　おれは彼にピアノを教えるんだから。子供を復讐の道具に使うようなつまらない真似《まね》はしないよ。きみと違って、他人を罠にはめるのは好きじゃない」

罠……。やはり憎んでいるのだ。その突き放すような態度に胸が痛んだ。いたたまれない。自分で覚悟して彼を陥れたのだけど、それでもやはり彼の態度が辛い。

「ピアノのお兄ちゃん、ねえねえ、ピアノ弾いて」

「いいよ、じゃあ、ミニケーキ食べて、聴いてくれる？」

「うん、ミーニャ、またあの音楽聴きたい」

「いいよ」

本当の兄のように、優しくミーニャのリクエストに答えて『雪割草のアダージオ』――正しくはラフマニノフの交響曲二番のアダージオを演奏し始めた。

初めて彼のピアノを聴いたときのことを思いだす。あまりにも透明感のあるきらきらとしたまばゆい音に感動した。芸術はそのひとをあらわす。だからきっとレーリクは、その音楽と同じように、優しくて清らかな心の持ち主だと信じた。いや、今もそう信じている。

今では本物のマフィアになったというのに。ロシア一の巨大な裏組織の後継者の彼と、今では企業の役員になっている自分は、もう以前の、学生だったころとはなにもかもが違う。おそらくそれぞれ社会的な力を手に入れた。その代わり、ただただ純粋に愛だけに幸せを感じていた若さは失ってしまったように感じる。

やがてミーニャが二体のぬいぐるみを抱っこして眠りにつくと、彼は別の曲を弾き始めた。ショパンの別れの曲だった。

「腕……落ちたね」

本当はそう思わなかったが、つい意地悪な気持ちで言ってしまった。

「そうだな、少年院では弾けなかったから」

同じように意地悪くかえしてくる。

「最悪な再会だ」

「最悪でもしかたない。きみが罠にはめたんだ」

甘ったるくけだるく、感傷的で、切なげな音楽だった。

目を細めたまま、ピアノを奏でる彼の顔を見ているうちに、ルスランは、やはり彼の音楽は今も透明で本当にきらきらとしていると実感した。

彼のほうこそ罠だったのではないのか。マフィアの息子だとどうして教えてくれなかったのか。この一年半、心のなかでいろいろと尋ねたいことはあったけれど、こうして再会して、ピアノを聴いていると、純粋な部分だけが浮き彫りになってくる。

彼を愛する気持ち。今も変わらない。

愛しているからこそ彼を逮捕させなければと思った。今さら、それを言っても都合のいい言い訳にしか聞こえないかもしれないだろうけど。

思いだすと、今もそのときの感情がよみがえり、胸が切なさに軋む。

「きみがナターシャの会社の役員になっているとはね」

ピアノの演奏を終えると、レーリクはぼそりと呟いた。棘《とげ》のある口調に胸が痛み、つい反発的なことを口にしてしまう。

「きみだって。貿易商なんていうのは表の顔で、本当の姿はマフィアじゃないか」

「ああ、ピアニストになるより、ずっと金になるし、世の中を動かすこともできる」

「音楽院には進学しないと言ったじゃないか、才能はないと」

「でもきみのためなら行ってもいいかなとも思っていた。卒業後、音楽院に入学し、コンクールに出て優勝して、きみとミーニャくんを連れて世界中を旅しようなんて夢を抱いたときもあった」

「無理だよ、ミーニャに旅行なんて」

「おれのピアノで彼の医療費を払えないか真剣に考えたこともあった」

「それも無理だ。手術の日取りは迫っていたから」

「知ってる。でももうなにもかも終わったことだ。おれはマフィアになって、きみは会社員になった。すっかり変わってしまった」

「それでぼくに仕返しをするために、こうやってまた現れたのか？」

「そうだ」

「……」

「一つ、きみに大事な報告がある」

言いにくそうにしながら、しかしレーリクはきっぱりと言った。

「きみの家も鉄鋼会社もおれのものになる」

「――っ」

「詳しい話を聞かせてやる。あとでおれのホテルに来い」


レーリクの宿泊先は、サンクトペテルブルクの夜景が一望できる豪華な部屋だった。

部屋の前で扉をノックすると、彼が扉をひらく。もう誰に気兼ねする心配もないのに、つい周りを気にしてしまうのは昔のくせだ。

「さっきの話だけど」

「その前に再会を祝してカシスショコラで乾杯といこうじゃないか」

祝えるわけがない。彼を陥れた自分、あきらかに復讐をしかけているレーリク。居心地の悪い空気を感じながらルスランは扉の前に縫いとめられたようにたたずんでいた。

「さあ、そこに座って」

「……ああ」

むかいのソファに腰をおろしたルスランをいちべつすると、レーリクは二人分のグラスにカシスショコラを注いだ。

「飲めよ」

「……」

ルスランは首を横に振ってグラスを返そうとした。だがレーリクの手がルスランの手をとらえる。テーブル越しにレーリクはルスランの肩を引きよせ、唇を押し当ててきた。

「レーリ……っ」

濃厚なキスに愛しさがよみがえり、当然のように唇をうっすらとひらき、互いの舌を絡めあった。

「ん……ふ……っ」

いとも自然に、そうまるで一年半の歳月がなくなったかのように彼のキスに応えてしまった。

「再会祝いだ、きみが欲しい」

唇を離すと、レーリクはルスランの腕をつかみ、ベッドにむかった。

ルスランの身体をベッドの上に押し倒した。しばらく目を眇めたまま、両手で肩を押さえてルスランの顔をじっと眺めていた。

「楽しかったぞ、少年院は」

「……」

涙が出てくる。いや、もうこめかみが涙で濡れていた。

以前よりも余分な肉をそぎ落とし、洗練された顔立ちに変化している。

けれどカシスの香りは同じだった。

その仄《ほの》かな匂い。すぅっとそれが鼻腔に入りこんできたとき、ルスランはその匂いに酔ったように息を震わせた。

ルスランの涙を見ると、ふいにレーリクは勝ち誇ったような笑みを浮かべ、ネクタイに手を伸ばしてきた。

「レーリク……やめるんだ」

「なつかしい響きだ。きみがおれを呼ぶ声。なにひとつ変わっていない。もっとあらがって、もっと呼んでほしい」

彼の声音に身体が強張る。彼はやはり自分を憎んでいるのだ。

「ぼくを憎んでいるのか」

「一度ずつだましあったので、これでおあいこだ」

「だましあった?」

「そう、ひとつ、楽しい話を教えてやろうか。おれを受け入れてくれること前提で」

ルスランはゴクリと息を呑んだ。楽しい話ではなく、その逆だろう。だが、聞かないわけにはいかない。

「……わかった」

「昔、兄と誘拐された話をしたことがあったな」

「あ、ああ」

「……オメガの兄とおれ……誘拐したのはきみの父親だ」

え……と、ルスランは目をみはった。

「きみの父親に兄はズタズタに犯され、妊娠したが、逃亡中に流産して死んでしまった。おれの目の前で」

「……」

「兄はきみの母親のバレエの弟子だった」

全身が震える。まさか、そんなことって。

「彼を殺したのは、きみの父親と母親だ」

もしかして、最初から復讐のためにぼくに? 目で問いかけたルスランを、レーリクはじっと見下ろした。

薄闇のなか、恐ろしく低くひずんだその声がルスランの耳に溶けていく。

「ああ、おれの性奴隷にして、どん底に陥れたらどんなに楽しいだろうと想像しながら、先に異父弟の攻略を始めた」

では、ナターシャが言っていたことは本当だったのだ。

なにかしらの意図があってルスランに近づいたというのは。

「愛は？　愛していると言ったのに」

レーリクは冷ややかに微笑した。

「愛なんてない」

そんなものは最初からなかったとレーリクは冷たく吐き捨てた。

「その上、あの事件だ。これはきみへの復讐をもっと残酷にしなければと思ったよ。おれをあのシベリアの教育院で労働させたきみへの復讐。おれを裏切り者として、逮捕させたきみをどう破滅させるか……それを考えるのがおれの生きる支えとなった」

震えそうになる息をすんでのところで呑みこみ、ルスランは声を上げた。

「最初からだましていたのはきみじゃないか。なのに復讐だなんておかしい。憎むのは勝手だが、しかけてきたのはきみじゃないか」

「ああ、そうだ。で、ショックだった？　愛されていると思っていたのに、実は復讐だったと知って」

ショック？　確かにショックだ。だけどそんなに傷ついていない自分がいる。むしろホッとしていた。守るためとはいえ、レーリクを傷つけてしまったことにずっと罪悪感を抱いてきた。心が悲鳴をあげない日はなかった。けれど彼が復讐として近づいてきたのなら、逆に自分の罪が軽くなった気がして。心が痛いままでも、彼を傷つけていないだけマシだ。

「あんまりショックじゃなさそうだな」

「うん、悪いけど……ショックじゃなさそうだな」

「裏切られていたのに……おれを責めないのか？」

挑発的な彼の問いかけに、ルスランは首を左右に振った。

「きみときみのお兄さんに対し、父と母がしたことを考えると、責める気持ちにはなれないよ。子供のころ、父はよくオメガにひどいことをしていた。そんな父の姿を見て、アダムもどんどん性格がゆがんでいったように思う。きみも被害者だったなんて。それなのに、ぼくにもミーニャにも本当によくしてくれて……ぼくたちはとても幸せだったし、きみに対しては感謝の気持ちしかないよ」

「バカじゃないのか、きみは。復讐のために利用されたくせに感謝だなんて。健気すぎて腹が立つ。あのころもそうだった。ミーニャくんのため、アダムに奴隷扱いされてもじっと耐えていた。そんなきみの愛らしさに免じて、きみだけは除外しようかと思った。なのに、きみはおれを罠にかけた。ナターシャの命令で、おれを逮捕させて」

違う、命令じゃない。そうじゃない。

「違う……ぼくはきみが好きだから……」

「言いわけは聞きたくない」

レーリクはルスランのズボンに手をかけ、一気に下着ごと脱がした。

「レー……っ」

ネクタイを取られ、ひらいたシャツの胸にレーリクが顔を近づけてくる。そしてその舌先に乳首を弄ばれる。

「あ……っ」

「前より大きくなっている。誰か恋人がいたのか？」

「まさか……」

「じゃあ、自分で？」

「少し」

「少しじゃない、かなりいじっていただろう」

意地悪く言ってそこをつつかれると、腰のあたりに甘い痺れが広がっていく。ベッドでシーツに爪を立てて、ルスランは身悶えた。

そう、かなりいじっていた。レーリクを思わない日はなかったのだから。夜はさみしくて、つい、彼がしていたことを自分でも繰りかえしてしまうことがあった。

「感じやすいところ、変わってないな」

「そうだよ、変わってない。アルファなのに、アルファに抱かれたいと思ってしまう恥ずかしい男のままだ」

「恥ずかしくない、むしろ素敵だ」

ふっとレーリクが微笑する。

「言うな、復讐相手にそんなこと」

「きみは？　復讐相手だと言われても、まだおれが好きか？　ここをこんなにして」

指先でルスランの乳首を弾いたあと、レーリクは真上から顔をのぞきこんできた。

ルスランはその顔を見あげた。ダメだ、最初から復讐のために近づいた、破滅させるつもりだったと言われても、愛しさは変わらない。涙が目からあふれてくる。

「好きだよ、ずっときみが好きだ。だから本当は待ってた。きみが悪霊になって不幸にしてくれるときを」

ルスランの言葉に、レーリクがやるせなさそうに眉を寄せた。あわれんでいるのだろうか、憎まれてもまだ好きだと思っている哀しい自分を。

「不幸に？　じゃあ、おれがきみからなにもかも奪っても好きでいられる？」

「では……やっぱり会社は……」

ああ、とレーリクがうなずく。

「……きみにはなにも残らない」

「なにもって」

「家も会社も……家族も」

家族？　意味がわからず問いかけようとしたそのとき、スマートフォンが鳴った。レーリクが動きを止め、電話に出ろと目で合図してくる。

秘書からだった。父が亡くなった——という連絡だった。

7　結婚式

数日後、父の葬儀が行われた。

さすがに疲弊し、終わったあと自分の部屋に行くと、ルスランは窓の外に広がる雪景色に視線をむけた。

アダムとも久しぶりの再会だった。大学でうまくいってないらしく、さらに自分の盾にしていた父が亡くなったことで憔悴《しょうすい》しているようだった。

「おいっ、ルスラン！」

葬儀のあと、弁護士から話を聞いたアダムは怒りで顔を真っ赤にしてルスランの部屋に飛びこんできた。ここを出ていくため、書籍の整理をしているところだった。

「あいつ……あのレーリクの野郎がなにもかも奪ったんだって？　家も会社も……なにもかも。その上、母さんもおれもおまえもここを出ていかないといけないのか？」

ああ、とルスランがうなずくと、アダムは「わあああっ！」といきなり叫び、近くにあった暖炉の火かき棒をつかみ、発作的に花瓶や彫刻を壊していった。

「やめろ、アダムっ」

止めようとしたルスランの手を払いそこねたアダムは火かき棒を手放し、全身の力が抜けたようにその場に、ひざから崩れおちてしまった。

「もうおれはおしまいだ。あいつが不正を告発したせいで、シベリアの大学に転学だ。縁談も破棄された。何とかしてくれ、ルスラン。おまえは……おれの影だろ……」

アダムは張り裂けそうな声で泣き始めた。その姿を見ながら、心のどこかでレーリクに感謝している自分がいた。ありがとう、すべてを奪ってくれて。ようやく解放されたよ。自身も会社や家を失ってしまったが、これでよかったのだという思いが胸に広がっていた。

――ミーニャ……ぼくは大丈夫だよ。ここを追いだされても、働く場を失っても、今は無力な高校生じゃない。どんなことをしてでも、きみの治療費くらい稼いでやるから。

そう決意し、アダムが去ったあと、ルスランは部屋を片づけた。そのとき、窓ガラスになにかが当たる音がした。

気のせいかとしばらく無視していると、今度は先ほどより大きな音が響いた。

窓を開けると、レーリクが立っていた。

「寝ていたのか?」

「いや」

「行っていいか」

「いいよ」

レーリクがバルコニーからなかに入ってくる。

使用人の目がどこかにいるかもしれないと、ルスランは片手でカーテンを閉じた。

「今月末にはこの家はおれのものになる。会社も家も手に入れた。ナターシャの一族は、いずれ失脚させる。アダムもこれまでと違って、彼にふさわしい三流アルファの道を歩むことになるだろう。そしてきみはすべてを失う。さみしいか？」

答える代わりに、ルスランの目から涙がこぼれた。さみしさも悔しさもない。アダムとナターシャが失脚することへの喜びもない。ただ背中に負っていたいろんなものから解放された清々しさに、なぜか目が熱くなったのだ。その涙を見て、彼は満足そうに口の端をゆがめて嗤った。

「なにを喜んでるんだ」

「きみがあまりに愛らしいから」

優しい微笑を見せ、レーリクはルスランの肩に手を伸ばした。

「一緒にここに住もう」

「え……」

「ミーニャくんも。次の手術が終わったら、短期間なら外に出られるんだろう？」

「ちょ……待てよ、きみはぼくからすべてを奪ったんじゃないのか」

「ああ。奪っておれのものにした。この家も会社も、そしてきみの家族も。いらない家族といる家族とを、悪いが分別させてもらったけど。すべておれとおれのパートナーのものになる」

パートナー？　ということは、つがいがいたのか？　呆然とするルスランを見て、レーリクがふっと笑う。

「パートナーはきみだ」

え……とわけがわからず眉を寄せているルスランに、レーリクは不満そうに言った。

「結婚したじゃないか、あの日、教会で」

その言葉にルスランは大きく目を見ひらいた。

「一番大切な愛のためには、この道しかないと思った。きみを縛りつけているものをいったんおれのものにするしかない、と。だから元々高校はやめるつもりでいた」

「信じられない……まさか」

いや、たしかにそんな感じのことを口にしていたことはあった。あの教会で愛を誓ったときに。

「出会ったときから変わらず、ルスラン、きみが好きだ。悩み多き繊細な学生だったときのきみも、おれをはめたきみも」

「ぼくを……愛しているの？」

「当然だ。愛している。愛していないときなんてなかった」

「いい加減なことを。愛していないって、はっきりと言ったじゃないか、つい数日前に！」

「そんなのうそに決まっているじゃないか。きみの気持ちを確かめたくて」

これ以上ないほど幸せそうな笑顔でレーリクは悪びれもせず続けた。

「きみはおれがわかってないな。前に言っただろ、あっさり前言撤回できる性格だって」

「でも復讐のために、破滅させるために近づいたって。愛している相手にそんなことを？」

「そうだ、だからきみは全部失ったじゃないか。今のきみにはなにも残っていない。その上、おれなんかを愛してしまった。おれへの愛なんて、きみの元々の人生計画からすると、予定外だったはずだ。こういうのは復讐とはいわないのか？」

問いかけられ、ルスランはとまどった。

たしかになにもかも奪われ、予定通りの人生を歩めなかったわけだけど。

「きみの父親が亡くならなければ、もっと強引に出るつもりだった。でも天が味方してこういうことになった。だから、今後はあの日誓ったようにおれの花嫁として生きてほしい」

「花嫁って……ぼくはアルファで……」

「じゃあ、おれが花嫁でもいい、どっちでも。いずれにしろ、きみはこれからはおれに縛られるんだ。あんなに求めていた自由も、束縛からの解放も、きみは手に入れることができない。これからも束縛される人生だ。それがおれの復讐」

ふたりの間に静寂が流れた。

ルスランはどうしていいかわからず、ただじっとレーリクを見た。

「返事をくれ。おれはきみの花嫁になる」

「ニエット（ノー）と言ったら」

「殺す」

「殺してと言ったら」

「殺されたいのか？」

ルスランは口をつぐみ、うつむいた。

「いや」

こみあげてくる涙をこらえながら、ふっと気持ちの昂りをごまかすように笑った。

「きみも……ぼくのことは言えないな。どうしようもないほど健気な男だ」

「今ごろ気づいたのか？　おれほど健気でいじらしい男は他にいないぞ」

レーリクは微笑した。優しく、学院にいたときのように。

「すまない、意地悪なことばかりして。ちょっといじめたかったんだ、きみがあまりにかわいそうで。そしてきみがあまりにおろかで」

「……」

「おれを守るために、愛を捨てたんだろう？　憎まれてもいいと覚悟して」

知っていたの？　気づいていたのか？

「あまりにもきみがいじらしくて、だから笑ってしまった、あのとき」

そうだ、笑っていた。なぜかレーリクはずっと笑っていたのだ、逮捕されたとき。

「異母兄のティムがおれを殺そうとしていたことには気づいていた。だが、いつ、どうされるかは見当がついていなかった。でも、きみの行為でピンときた。おれは学院を出たら、すぐに狙撃手に撃たれる。きみはそれを知ったから阻止しようとした。でなければ、きみがおれを裏切るわけがない」

どうしよう、涙が出てくる。今までずっと止めていたはずの涙線が決壊したようになって止まらない。

「きみにとってのリスク……おれに犯されただなんて……アルファのきみが男にレイプされただなんて口にして。そのあと、学院で嫌なことも言われただろう。でもそんなこともかえりみず、きみがあんなことを言ったのは、すべておれを守りたいからだ」

何ということだ。気づかれていた。

「おれはきみの夫、いや、花嫁だ。結婚相手の気持ちくらいわかる」

「じゃあ、どうして罠にはめられた振りなんてして」

「力が必要だった、一年半、きみとミーニャくんを幸せにするためにどうしたらいいか。教育院でずっと考えていた」

「……レーリク」

「きみへの復讐……そう、これはすべて復讐だから」

レーリクは天使のように優しい笑みを浮かべた。

「だから、父……ドン・ウラジミールも大賛成してくれた。兄を殺した一族を不幸にしたいと言ったら大喜びで協力してくれると力を貸してくれたんだ」

レーリクはルスランを抱きしめ、愛しそうにほおにキスしてきた。

「家も財産も会社も全部手に入れて、おれをはめた男を愛人にしてめちゃくちゃ犯して、その異父弟のオメガを自分の下僕のように調教したいと言ったら、何という頼もしい息子だ。それでこそ私の後継者だと褒めてくれたよ」

確かに言葉にするとその通りだ。ルスランはレーリクの愛人のようなものだし、異父弟のオメガのミーニャは彼のピアノの生徒だ。

「もうどうしようもないくらいルスランが憎くて、おれがルスランの息の根を止めないと気が済まないからと言ったら、ハラショーの連発だった」

レーリクはおかしそうに笑った。

「うっかり、憎いという単語と愛しいという単語を言い間違えてしまった言いわけは、一生、する気はないけど」

さも自慢げに言うレーリクの、その思いの深さに胸が痛み、涙があふれた。

彼には他にどんな未来だってあったのに。マフィアという悪の世界に入らなくても、優秀な頭脳、素晴らしいピアノの技術……誰よりも輝かしい未来を手に入れることができたはずなのに、どうして――。

「だからマフィアになったというのか? そんなことって……ぼくのために……」

自分で自分が許せない。守ったつもりなのに、それ以上の犠牲を払わせてしまった。

「ごめん、ルスラン。悲劇のヒロインみたいにかわいい顔で泣いているきみには、大変申しわけないんだけど、おれは別にきみのためにやったんじゃないから」

やれやれと呆れたようにレーリクが肩をすくめる。

「自分のためだから。欲しいものを手に入れるため。親父《おやじ》も大喜びしている。親父の莫大な財産を分けてもらった上にきみという愛人も手に入れ、息子代わりの下僕も手に入れて……おれも大喜びだよ。兄の仇《かたき》のきみの父親も死んだし、ナターシャもアダムも今のおれの前では恐るるに足りない。おれは大満足だ。万々歳、これで一件落着ってわけだ」

明るく笑うレーリクの言葉の奥にある真意があまりにも愛おしくてどう返していいかわからない。復讐という形の愛。誰からも非難されず、誰にも気づかれず、愛しあうための手段。実に彼らしいそのやり方に、ただただ息を震わせ、涙を流し続けることしかできない。

「どうした、ルスラン。あまりにひどい復讐に怖気づいたのか？」

苦笑を浮かべたレーリクが手を伸ばし、ルスランの目元をそっとぬぐってくれる。

「あ……あまりに深くて、あまりに完璧な復讐に……言葉も出てこないよ……」

「降参した？　おれの復讐を受け入れる？　愛人になる？」

「あ……ああ、喜んで」

心のなかで、復讐を愛という言葉に変換し、愛人という言葉を恋人、もしくは永遠の伴侶という言葉に置き換える。

「てことで、性奴隷さん、おれを幸せにするため、たっぷりとご奉仕してくれるかな？」

もう一度うなずいたルスランの肩に手をまわし、レーリクが胸に抱き寄せる。自分を抱くレーリクの腕のぬくもりがどうしようもないほど愛おしい。ほおやまぶたに落ちてくる彼のキスが心地よくてたまらない。

あの雪の日、愛を誓ったときにもどって、今日からふたりで生きていく。その未来のために「復讐」という形でもどってきてくれたレーリクに深い感謝と愛を感じながら、ルスランはその背に腕をまわした。もう二度と手放さなくてもいいように、自分もできるかぎりのことをして、この男を愛し抜いていこうと誓いながら。

「……ルスラン、待たせたな。ミーニャくんの準備ができた」

その声に振りむくと、白夜の太陽に照らされた中庭の床に、レーリクの濃い影がくっきりと伸びていた。ルスランの手を取って、レーリクがテラスへと案内してくれる。聖堂のあるロビーにルスランが入ったとたん、静かな空間に拙いながらも綺麗なピアノが響きわたる。演奏しているのはミーニャだ。子供用の白いグランドピアノで、ミーニャが『雪割草のアダージオ』を演奏している。もちろん子供用にレーリクが編曲したものだが。

——信じられない、ミーニャがこんなに元気になってピアノを演奏しているなんて。

それだけで胸がいっぱいになる。

「さて、と、おれもちゃんと上着を着て祭壇の前に行くから、ここでミーニャくんの演奏を聴いててちょっとだけ待っててくれ」

レーリクはそっとルスランのほおにキスをして、隣の部屋にむかう。ふたりで今の今までレッスンしていたのだろう。

ここでレーリクと暮らすようになって半月が過ぎた。結局、ルスランはレーリクが買いとった鉄鋼会社で、それまでと同じ仕事をしている。だが改めて仕事とむきあったとき、自分の知識も力も未熟だと感じることもあり、ルスランは大学に進学してもっといろんなことを学びたいと思うようになっていた。一方、レーリクもマフィアの父親の仕事を手伝いながらも、音楽への道は捨てきれないようでひそかに音楽学校の資料を集めているようだ。

そしてミーニャは、あれから何度か手術をくり返したことで、こうして少しだけ外出することができるようになった。手術はとても辛そうだけど、ピアノを弾きたい、みんなで過ごしたいという思いがミーニャの心身を強く支えているようだ。

「さあ、ルスラン、始めよう」

ミーニャのピアノが終わり、レーリクの声が聞こえる。

ロビーには、白いタキシードを着た二体のぬいぐるみ。

乾いた風が吹き抜けるなか、逆光に目を細めながら見つめた先に、長身の男がたたずんでいた。

黒いタキシード姿。ルスランは白いタキシード。ミーニャは白くてかわいいロシアの民族衣装を着ていた。

もう一度、本当のミーニャの前で結婚するのだ。三人と二体だけの秘密の儀式。アルファ同士の許されない結婚式。

ロビーの中央には、レーリクが作ったカシスムースのショコラケーキ。雪割草を彼がチョコレート細工で作った。

そしてブーケは、この季節には珍しい雪割草。

「レーリク……」

「ようやく一緒になれるな」

ルスランをレーリクが抱きしめる。

遠かった。誕生日を祝おうと約束していたのに、あれから一年半も経ってしまった。

でも約束を果たせるときがきた。

「おれと永遠に一緒だ」

「うん」

三人で幸せになるために、今日、これから結婚式を挙げる。

「わーい、やっとパパとママと三人で暮らせるね」

もう七歳近くになったミーニャが嬉しそうに二人の胸の間ではしゃいだ声をあげる。

「パパとママか、不思議な気持ちだな」

「ねえ、ずっとミーニャのパパとママでいてね」

「ああ、そのつもりだよ。みんなで幸せになろう、なあ、ルスラン」

レーリクが手を伸ばしてくる。その手に手を添え、ルスランは「ああ」とうなずいた。

もうずっと昔からこの手を知っている気がする。自分にとってはこの手こそが雪割草だと思う。雪のなかで奇跡のように咲いている花。その花を見つけることができた。

その喜びを感じながら、ルスランはレーリクと誓いのキスをした。本物のミーニャが祝福しているその前で。

†

「おやすみなさい、ピアノのお兄ちゃ……ううん、パパ」

二体のぬいぐるみを抱っこしたまま、ぷっくりとしたほおを綻ばせたミーニャがレーリクのほおにキスをしてきた。

今さっき、三人で食べたばかりの甘いカシスショコラムースの香りを感じながらその背に腕をまわし、同じように彼のほおにキスをする。

「おやすみ、ミーニャくん、ちゃんと歯磨きするんだよ」

「はーい、パパ」

まだ二十歳なのに七歳の子供にパパと呼ばれるのも照れくさいが、決して悪い気はしない。むしろルスランと本当の夫婦になれた気がして、ミーニャにそう呼ばれるたび、レーリクの胸の奥には何ともいえないあたたかな幸福感が広がっていく。

「じゃあ、レーリク、ミーニャを寝かせてくるから」

「うん、じゃあまた明日ね」

ぬいぐるみとおそろいのロシアの民族衣装を身につけたミーニャを抱きかかえ、背をむけて去っていくルスランの後ろ姿をレーリクは目を細めて見送った。ルスランが幸せそうにミーニャと過ごしている姿を眺めるのがとても好きだ。

ミーニャはもう七歳になるのにまだ五歳くらいにしか見えない。まだ完全に健康になったわけではないので仕方ないのだが、それでもこうして時折彼の外泊許可が下りるようになったことに喜びを感じる。

屋敷の一角にミーニャ用の病室を作ったのだが、そのたび、病院の看護師にもつき添ってもらっている。ほっそりとした若い看護師で、金髪に青い瞳の妖精のように美しいオメガだ。

レーリクは寝室にむかい、スマートフォンで明日の仕事の確認をしながらカーテンを閉めた。まだ夏なので夜はいつまでも明るい。

「ありがとう、レーリク。今日のケーキもとてもおいしかったよ。ミーニャの看護師さんからもお礼をことづかった」

ミーニャを送ったルスランがもどってきた。

「ミーニャくんの病室に閉じこもってないで、彼もこっちにきて一緒に食べればいいのに」

「体調が微妙なんだって。ぼくも早々に退散したよ」

ルスランが苦笑いして言う。

ああ、そうか。発情期がきているのか。発情期のオメガは、そのフェロモンで無意識のうちにアルファを誘惑してしまう。

一応、薬で抑制できるようだが、それでも完全にアルファの劣情をおさえることはできないらしい。

たしかに、この週末、いつになく甘い匂いを感じていたが、それによって情欲をそそられるようなことがなかったので、レーリクは気にもしていなかった。

「綺麗で、知的で、魅力的なオメガだからな。狙っているアルファも多いだろう」

ベッドに腰を下ろし、レーリクは枕元のカシスリキュールに手を伸ばした。血のように赤いワインで割って二人分のグラスにそそぎ、ルスランに差しだす。

「……レーリクも？」

上目づかいで不安そうに問いかけてくるルスランが愛らしい。

嫉妬させようと思ったが、彼もアルファだったと思ったとたん、不安がよぎり、念のため訊いてみる。

「きみこそ……もしかして」

ふっと微笑し、ルスランがグラスをくるっとまわしてカシスワインを口に含む。ほんのりとほおが赤くなったルスランに思わず舌打ちしたい気分になった。

「やっぱりそうなのか、やっぱりアルファだから」

彼のあごに手を伸ばしてこちらをむかせると、ルスランは淡く微笑してレーリクの肩にもたれかかってきた。

「ぼくじゃない……ぼくじゃなくて……ミーニャがね、大人になったら彼と結婚したいんだって。パパとママみたいになりたいって言われて、ちょっとさみしくなっちゃった」

「ミーニャくんが？　だけどオメガ同士で……」

そう言いかけ、レーリクはハッとした。オメガ同士であっても恋愛は自由だ。なにより自分たちがそうではないか。アルファ同士で愛しあっている。

よかった、ルスランが誘惑を感じたわけではなかったのか——とほっとしたあと、幼い異父弟の初恋をさみしがっている彼の愛らしさに思わず口元がゆるんでしまった。

かわいい、何てかわいいんだ、きみは。

アルファだというのに、自分は本当に厄介な人間だと思う。オメガのフェロモンにはちっとも欲情しないのに、ルスランのちょっとした表情の変化にたちまち劣情を煽られてしまうのだから。

「いいじゃないか。ミーニャくんのかわいい初恋、応援しようよ」

「うん……そうだね」

ちょっと拗ねたようにしているルスランにたまらなくなり、レーリクは彼を抱き寄せたまま、ベッドに倒れこんでいった。

のしかかって見下ろすと、少し恥ずかしそうにルスランが視線をずらす。ひきよせられるようにそのあごをつかんでレーリクは唇を重ねた。

「ん……っ……っ」

彼のシャツをたくしあげ、胸をさぐりながらぷっくりと膨らんだ乳首を指先でつぶす。甘い吐息を吐き、ぴくっとルスランが身体を震わせる。

本当に何て愛らしいのだろう。彼のズボンを下着ごと下ろすと、こみあげてくる想いが止められなくなり、すっかり自分のせいで形を変えてしまったグミのような乳首を弄りながら、レーリクはそのなめらかな首筋の肌に唇を移動させ、そこに軽く歯を立てた。

「あ……ああっ」

これはいつもの儀式だ、ほんの少し、甘い痛みが奔る程度に彼の首筋に歯を立て、少しだけしるしを残す。

アルファがつがいの契約をするとき、オメガの首筋に歯を立てると、オメガはそのアルファの子供を妊娠するような体質になるという。

自分たちはアルファ同士なので、決してそんなことはないのだが、こうしているだけで、彼がいつか自分たちの子を孕むのではないかという、いびつな妄想ができて楽しい。もちろん、そんなことないのだが。

「ん……レーリッ……っ……っあっ」

そこに歯を立てられると、ルスランもなにか感じることがあるのか、異様に身体を昂らせるようだ。手でさぐると、彼の性器は先走りの蜜でぐっしょりと濡れている。さらにその奥——今ではすっかりオスを銜えこむのに慣れてしまった後ろの粘膜もひくひくと震えだす。

「大好きだ、ルスラン……きみだけだから……おれが欲しいのは」

そう言って、自分のズボンのジッパーを下げると、彼の足を腕にかけて広げ、ほしいままにそこを一気に抉った。

「ああっ、あああ！」

恥ずかしそうにしながらも、レーリクの背中に爪を立て、大きく身をのけぞらせて身悶えるルスランが愛おしい。

「ああ……あ……っ」

彼から甘酸っぱいカシスワインの香りがする。どんなオメガの香りよりもレーリクを甘く誘惑する。

ぐいぐいと腰を使って粘膜をこすりながら奥を突くと、そこがひくひくとわななき、蕩けそうな熱でレーリクの性器を締めつけてきた。

このまま一気に射精してしまいそうだ。だが、もう少し彼のなかを味わっていたい。この心地よい締めつけに包まれていると脳が痺れそうな幸福感に満たされるから。

何でこんなに彼だけが愛おしいのだろう。何でこんなに彼だけを求めてしまうのだろう。

理由はわからない。だけど、これこそが人を愛するということなのだという実感を抱きながら、その夜もレーリクはルスランを求め続けた。

決して暗くならない外の明るさ。あの白夜の夜と同じように、自分の思いもこのまま沈むことはないだろうと確信しながら。

「ん……」

心地よい気怠るさにまどろみながら、ベッドでゆったりしていると、ルスランが肩によりかかりながらボソッと呟いた。

「レーリク、前から相談したかったんだけど……大学に行っていいか？」

突然のルスランの言葉に、えっ……とレーリクは、枕に肘をついて上体を起こした。

「どうしたんだ、突然」

「うん……思うところがあって」

「それはいいけど」

「きみは？　きみも音楽を真剣にするつもりだろう？」

「あ、ああ、そのつもりだが」

マフィア、鉄鋼業は信頼できる人間に任せ、今、レーリクは管理だけしている。いずれ、マフィアも合法的な会社にするつもりだが。

「ミーニャと過ごしていると、本気で変えないとと思えてきたんだ」

ルスランの言葉にレーリクは眉をひそめた。

「……なにを？」

「社会を」

「――――っ」

レーリクは目をみはった。

「あの子のために。というのもあるけど、ぼく自身のために。ぼく、それからきみが幸せになるために」

レーリクを見あげ、ルスランがほおに手を伸ばしてくる。誓いを立てるようにささやかれたその言葉に胸がざわついた。

「だから大学に行くというのか」

「ああ、政治を学びたい。自分が変えようと思わないと変わらないだろう？」

そんなことを寝物語で言うのか——と責めたい気持ちになったが、揺るぎない彼の真剣な言葉に愛しさがあふれてきた。

やっぱり彼こそが雪割草だ。ずっとずっとさがしてきたこの世界でたったひとつの光、愛するもの。

彼と出会えたことでレーリクは救われたのだ。

今も忘れることができない逃亡生活の日々。まだ今のミーニャくらいのとき、レーリクは、父親と敵対する軍幹部——ルスランの父親に誘拐された。

優秀なバレエダンサーだった兄と一緒に、数ヶ月ほど、この屋敷の一角に監禁されていたのだ。政治的な交渉ごとが理由だったようだが、オメガだった兄は、レーリクの目の前でルスランの父親のつがいにされ、激しく犯されてしまった。

同じバレエ団のライバルだったルスランの母親が手引きしたらしいが、自殺しかねないほど絶望している兄を助けるため、手を血まみれにしながらも必死になって鍵を開けた。

そして深夜、兄とふたりで逃げようとしたそのとき、森の入り口でレーリクと同い年くらいの美しい二人の少年が争っていることに気づいた。

よく似ていた。双子かと思うほどの風貌。眼鏡をかけた一人が一人の上にのしかかり、足蹴にしていた。悪魔が同じ顔をした天使をいじめている？　——と不思議に思ってその様子を見ていたが、それがアダムとルスランだった。

吹雪のなか、意識を失ったルスランを放置して去っていくアダム。助けないと……と思ったレーリクを兄が止めた。

『ここの息子のルスランだ。眼鏡のほうがアダム。本妻の子だから、いつもルスランをいじめているんだ』

『ひど……早く助けないと』

『放っておけばいい。あいつの父親と母親のせいでひどい目に遭わされたんだから。それよりも早く逃げよう。見つかったらおしまいだ』

『でも死んじゃうよ、このままここにいたら凍死しちゃう』

だが兄は聞き入れてくれず、『行くよ』とそのまま雪の森の奥へと進んでいく。その間にも意識を失ったルスランの上にどんどん雪が積もっている。

とにかく彼を起こさなければ……と、レーリクは彼のそばに行き、そっと肩を揺すった。

意識だけでももどってくれたら、あとは自力で何とかしてくれるだろう。

するとうっすらと彼が目を開けた。そして朦朧とした状態で半身を起こしながら、『ありがとう、きみは？』と訊いてきた。

『通りすがり。このままだと凍死するから。早くもどって手当てしたほうがいい』

そう言って去っていこうとしたレーリクの腕を彼が後ろからつかんだ。

正体がバレた？　逃亡したことを父親に報告されたら……と、ドキドキしているレーリクに彼はハンカチと手袋を差しだしてきた。

『手……血が出ている。これで止血して。それからぼくのだけど、手袋、使って』

ふわっと笑顔をむけてきた彼に、胸が熱くなった。自分もあちこち怪我をしているのに、たった今まで意識を失っていたのに、そんな思いやりをむけられるものなのか？

『優しいんだな、自分だってボロボロなのに』

『同じだよ、きみだってボロボロだ。ありがとう、助けてくれて』

笑顔でそう言って手袋とハンカチを残して去っていったルスラン。ほんの一瞬のことだったが、彼の姿に『森は生きている』の雪割草の花を思いだした。そのときはその感情が何なのかわからなかったが、今ならわかる。

彼との一瞬の交流に希望を感じたのだ。誰かが誰かを憎んで、その誰かが誰かを憎んで……そういう連鎖を断ちきることの大切さ、そして人を思いやることで芽生える喜びが希望と救いになることを実感したのだ。

その後、兄はルスラン一家への憎しみを捨てきれないまま逃亡中に亡くなった。兄がされたことは決して許せない。だから彼の父親を許す気はない。いつか失脚させるという気持ちを失ったことはなかった。

だが、だからといって、兄のようにルスランまで憎むことはできなかった。むしろ彼の優しさに触れ、人を慈しみ、思いやることに生きる希望を見いだそうと思った。

——その結果……おれは……これ以上ないほどの幸せを手に入れることができた。

枕にひじをついてルスランを見つめ、レーリクは当時のことを思いだしながら、改めて胸に湧く愛しさを噛み締めていた。

「どうしたんだ？」

視線に気づき、ルスランがこちらを見あげる。

「うん……きみが自分の生きる目標として政治を志すなら、おれもピアノをもっと真剣にやろうかと思って」

あのとき、彼が貸してくれたハンカチと手袋のおかげで、レーリクの指の怪我は悪化せず、凍傷にならず、今も自由にピアノを弾くことができている。彼への感謝と愛をこめ、この指が紡ぐ世界をもっときわめたい。そんな気持ちが湧いてきた。

「じゃあ、また聴かせてくれる？」

「なにを？」

問いかけると、ルスランは花のように優しくほほえんだ。

「雪割草のアダージオ。ぼくとミーニャが大好きなあの曲を。雪の下に咲く美しい花の音楽を——」

あとがき

子供の頃、ロシアのお菓子に憧れていました。関西限定のＣＭで流れる哀愁ある音楽と「モスクワの味」というコピーに惹かれて。大人になって実際にロシアで食べたスイーツは海外のどの国のスイーツよりも好みでした。そういえば海外初スイーツもモスクワのアイスでした。コクがあっておいしかったです。……と、スイーツの話ばかりしてしまいましたが、改めてこの本をお手にとっていただき、ありがとうございます！　少しでも楽しんでいただけていたら嬉しいのですが、いかがでしたか？　お楽しみいただけました？　よろしかったら何か一言でもお寄せくださいね。

お話の舞台はロシアです。テーマはアルファ同士の禁断の溺愛。世界観はオメガバースですが、アルファがアルファを熱っぽく溺愛する話に挑戦したかったので、変則的な感じになった気がします。あ、攻のレーリクの楽器は当初は弦楽器でしたが、楽器を持って移動するのが大変なのでピアノに。でも曲名は変えなかったので、結果的にピアノ曲じゃないものばかりになりました。スケートは習っていた時を思い出して書きました。あと作中で使用した論文の解釈、ちょっと偏っていますが、二人が授業のために書いたものということで、優しくあたたかい眼差しで読み流してください。

みずかねりょう先生、とても美しく素敵なイラストを本当にありがとうございました。まだ表紙しか見ていないのですが、優しい色使い、麗しい制服姿の美しい二人、雪割草の花、可愛いミーニャと猫ちゃんたちに歓喜しています。今回、大好きなロシアのお話で、先生とご一緒できまして大変幸せです。

担当さまには大変お世話になりました。ごめんなさいの連発にも暖かく対応していただき、お心遣いに心から感謝しています。今後ともどうぞよろしくお願いします。

そして何よりもお読みいただきました皆さまに深く御礼申し上げます。なんとこの本は私の百十冊目の単行本になります。前回のシャレード文庫さんが百冊目。節目節目でお世話になっているのですね。ご縁が深いようでとても嬉しいです。細い糸のような生命線ではありますが、ここまで続けられていることに心から感謝しています。この先も読んで下さる方がいらっしゃる間は、書きたいこともたくさんあるので、精一杯がんばろうと思っています。今後ともどうぞよろしくお願いします。

華藤えれな先生、みずかねりょう先生へのお便り、
本作品に関するご意見、ご感想などは
〒101-8405
東京都千代田区神田三崎町2-18-11
二見書房　シャレード文庫
「アルファスクールの花嫁　～カシスショコラと雪割草～」係まで。

本作品は書き下ろしです

CHARADE BUNKO

アルファスクールの花嫁《はなよめ》～カシスショコラと雪割草《ゆきわりそう》～

2022年1月20日　初版発行

【著者】華藤《かとう》えれな

【発行所】株式会社二見書房
東京都千代田区神田三崎町2-18-11
電話　03(3515)2311[営業]
　　　03(3515)2314[編集]
振替　00170-4-2639
【印刷】株式会社 堀内印刷所
【製本】株式会社 村上製本所

落丁・乱丁本はお取り替えいたします。
定価は、カバーに表示してあります。

ISBN978-4-576-21206-7

https://charade.futami.co.jp/